Gen Urobuchi
虛淵玄
(Nitroplus)
Illustration
武內崇・TYPE-MOON
往逝之人
Fate/Zero
4

Cover Illustration/ Takashi Takeuchi (TYPE-MOON)
Coloring/ Shimokoshi (TYPE-MOON)
ACT Illustrations/ Shimokoshi (TYPE-MOON), Cotetsu Yamanaka, IURO
Logo design/ yoshiyuki (Nitroplus)
Design/ Veia
Font Direction/ Shinichi Konno (TOPPAN printing Co.,Ltd)

# Fate/Zero 4

## 往逝之人

In the battleground, there is no place for hope. What lies there is just cold despair and a sin called victory, built on the pain of the defeated.
The world as is, the human nature as always, it is impossible to eliminate the battles. In the end, killing is necessary evil-and if so, it is best to end them in the best efficiency and at the least cost, least time. Call it not foul nor nasty. Justice cannot save the world. It is useless.

**衛宮切嗣**
艾因茲柏恩家所雇用的「魔術師殺手」

**言峰綺禮**
獵殺異端的聖堂教會代行者

**遠坂時臣**
魔術師望族遠坂家現任家主，以到達「根源」為畢生夙願

**間桐雁夜**
放棄家主繼承權而逃離間桐家的男人

**愛莉斯菲爾·馮·艾因茲柏恩（Irisviel von Einzbern）**
艾因茲柏恩家煉製的人造人，切嗣的髮妻

**韋伯·費爾維特（Waver Velvet）**
隸屬於「時鐘塔」的見習魔術師，奪取導師的聖遺物挑戰聖杯戰爭

**肯尼斯·艾梅羅伊·亞奇波特（Kayneth El-Melloi Archibald）**
隸屬於「時鐘塔」的菁英魔術師，韋伯的導師

**雨生龍之介**
個性純真的享樂殺人魔

**Saber**
騎士王。真實身分是亞瑟·潘德拉剛（Arthur Pendragon）

**Archer**
英雄王。人類史上最古老的英靈·基爾加梅修（Gilgamesh）在現實世界降臨的形體

**Rider**
征服王。在古代世界獨霸一方，古馬其頓王國的
伊斯坎達爾王（Iskandar），期望能目睹「世界盡頭之海」（Okeanos）

**Assassin**
傳說中暗殺者的始祖，山中老人哈桑·薩巴哈（Hassan Saggah）的英靈

**Caster**
自稱為「藍鬍子」的英靈，也就是英法百年戰爭中的法國元帥、
神聖惡魔吉爾·德·雷（Gilles de Rais）伯爵。

**Lancer**
塞爾特神話的英靈迪爾穆德·奧·德利暗（Diarmuid Ua Duibhne），
槍法精妙絕倫的頂尖武者。

**Berserker**
「狂暴化」的神祕英靈。

# ACT.9

# -96：16：02

灰飛煙滅——

以這句話來形容眼前的慘狀真是再適合不過。

破壞程度實在太過徹底，甚至讓人看不出破壞者真正的目的是什麼。所有的一切都像是遭受暴風雨肆虐一般，完全變了樣。

這場災害當然不是天災而是人禍，地下儲水槽原本就不可能遭到暴風雨襲擊。Caster 工房中的傷痕一定是抗軍寶具或是攻城寶具造成的大破壞，除此之外不可能有其他原因。

「好慘……真是太過分了……！」

目睹眼前慘狀的雨生龍之介涕泗縱橫，痛哭失聲。他那悲痛不已的模樣實在引人同情，要是不知道實際情況的話，任誰都會於心不忍，為他掬一把同情之淚吧。

昨天晚上龍之介與 Caster 再度出外夜間狩獵，尋找誘人的餌食。等到天際開始泛出魚肚白，他們意氣風發地回來一看，才發現兩人落腳的工房已經變成一副慘不忍睹的破敗模樣了。

「我們嘔心瀝血完成的藝術品……太過分了！竟、竟然真有人幹得出這種事!!」

Caster 摟住抽著鼻子哽咽的龍之介的肩膀，柔聲安慰道。

「龍之介，你還不了解潛藏在人性中真正的醜惡吧，也難怪你會這麼悲傷……龍之介，只有極少數的人才明白什麼是真正的美麗與調和。大多數的俗人在接觸到藝術的神聖時，反而會變成滿心嫉妒的野獸。對他們來說，美麗的事物只不過是破壞的對象罷了。」

根據地被毀掉，Caster 自己當然也很憤怒。但是另一方面，雖然不甘心，他也不得不承認自己心中確實鬆了一口氣。他過去也曾經是一名率領一國之軍的元帥，憑他的戰略眼光，只要看看下水道裡被殲滅的諸多怪魔與工房內極盡慘烈的破壞程度，就能了解昨天晚上攻進來的襲擊者有多難纏，正面對上實在太危險了。

他和龍之介那時候都出外不在或許反而是一種幸運。這個想法足以讓這名瘋狂從靈心中的忿怒冷卻下來。

「我們的創作總是面臨考驗，必須與愚昧的破壞相互對抗……所以我們不可以對作品抱有過深的眷戀。有形的事物註定總有一天會毀壞，我們這些創造者應該是在創作的過程當中感受喜悅才對。」

「……意思是說，被破壞的東西只要再創造就好了嗎？」

「就是這樣！你總是這麼聰明，這種靈敏的理解力就是你的美德啊，龍之介。」

看到 Caster 臉上開朗的笑容，龍之介擦掉眼淚看看四周，深深嘆了一口氣。

「會不會都是因為我們玩得太愉快——所以才會遭到報應呢？」

聽到龍之介這麼低聲說道——Caster 突然臉色大變。

他的十隻手指抓住龍之介無精打采垂下的肩頭，粗暴地把他轉過來。精光閃閃的雙眼死盯著龍之介的臉。

「有句話我一定要說，龍之介……上帝絕對不會懲罰人類，祂只會玩弄人類而已。」

雖然藍鬍子的眼神凌厲，但是他的表情卻欠缺憤怒或憎恨之類的所有神色。這種感情與他至今流露出的任何一種激情都大不相同。

「老、老大？」

「過去我幹遍了人世間所有邪惡逆行與瀆神之舉。龍之介，你所犯下的惡行和我的罪惡比起來只不過是牛刀小試。

但是任憑我殺再多人、再怎麼玷汙這個世界，天譴還是沒有降臨在我身上——轉眼八年的時光過去了，在這段時間裡上帝一直放任、縱容我邪惡的研究。千百名幼子的悲歎與哀號就這樣白白消逝在黑暗中！」

「……」

「最後毀滅我的不是上帝，而是那些和我同為人類的欲望。教會與國王之所以用制裁罪惡的名目拘捕我、把我處死，終究只是為了奪取我手中的財富與領土所想出的奸計而已……

不是神聖的天譴阻止我的淪喪，而是與天譴相差十萬八千里的醜惡掠奪！是那些比我的罪惡還要淺薄低俗的人類惡性啊！」

雨生龍之介知道現在自己正好碰觸到這個恐怖惡魔的禁忌——但此時在他心中湧出的感覺不是恐懼，而是難以言喻的寂寞與痛惜。

比起 Caster 那番口沫橫飛的言論，龍之介反而從他那彷彿失去了什麼寶貴事物的表情，看出隱藏在這名狂人心中深不見底的深沉哀慟。

「但是，老大……即使如此，神還是存在的，對吧？」

龍之介細微的低語讓 Caster 屏息，凝視著這位單純又忠實的召主的表情。

「……龍之介，為什麼？你沒有宗教信仰，也從沒看過奇蹟，為什麼會這樣想？」

「因為這個世界雖然無聊得要命，但愈是探索愈能找出好多好多有趣又奇怪的事物。」

龍之介這麼說著，彷彿想要擁抱天地萬物般，展開雙臂。

「我從以前就一直在想，這個到處都充滿著有趣事物的世界實在太過完美了，四處都埋藏著驚喜的伏筆，只要稍微換個角度看就會發現，動動腦筋就找得出來。如果真正想要好好樂一樂的話，到哪裡去找比這個世界還更有趣的娛樂啊？

這一定是有人在寫劇本，有一個藝人正在寫一部有五十億個角色的大河小說……如果想要形容那個人的話，那就只能稱呼祂為上帝了吧。」

Caster沉吟了好一陣子，視線在空中游移，好像在反覆思索龍之介所說的話。然後他再度看著召主的雙眼，以低沉而嚴肅的嗓音問道。

「……那麼龍之介，你認為上帝究竟愛不愛人類？」

「那肯定是打從心底愛到翻了嘛！」

活潑開朗的殺人鬼回答道，語氣當中沒有一絲矯飾。

「如果祂這幾千年、幾萬年來一直在寫關於這個世界的劇本的話，沒有愛哪寫得下去啊？

嗯，我想祂一定寫得很高興，同時也在享受自己的作品。為了愛與勇氣而感動，看到悲傷的橋段就哭得一把鼻涕一把眼淚，然後寫到恐怖與絕望場景的時候就興奮地睜大眼睛，都硬起來了。」

龍之介暫時停下來，彷彿在確認自己接下來要講的內容，然後再次帶著百分之百的信心做出結論。

「上帝最喜歡那些稱為勇氣與希望的人性讚美曲，而且同樣也喜歡飛濺的鮮血、悲嗚與絕望。要不然的話——生物的內臟怎麼可能是那麼鮮豔好看的顏色呢？所以說啦，老大。這個世界一定充滿著上帝的愛啊。」

「……」

Caster就像是欣賞一幅聖畫的虔誠信徒，安靜而肅穆地聆聽龍之介所說的每一句話。之後他終於抬起頭，臉上洋溢著安穩的幸福表情。

「在這個時代……我還以為這片遙遠的土地上，人民百姓都失去了信仰心，為政者也已經捨棄天意。沒想到竟然誕生出這種嶄新而豐富的信仰。龍之介吾主啊！我實在太佩服了。」

「別這樣說，我會不好意思啦。」

龍之介至少還明白自己受不起這樣的讚美，笑著移開視線。

「可是——如果依照你的宗教觀來看的話，我褻瀆神明的行為也只是一齣鬧劇嗎？」

「不會啦。就算是黑臉角色也能扮演地有聲有色，取悅觀眾。這才是一流的藝人啊。我認為上帝一定也會高高興興地扮演裝傻的角色，來回應老大你毫不客氣的吐槽。」

聽到龍之介這麼回答，「藍鬍子」好像非常愉快似地捧腹大笑。

「你的意思是說瀆神與禮讚對你來說都是一種崇拜嗎！啊啊，龍之介。你這個人的哲學理論實在是意境深遠啊！

沒想到把普羅大眾當作玩物的上帝自己居然同樣也是丑角……原來如此！這樣就能夠說明祂那毒辣的興趣了！」

大笑一陣過後，Caster 精光閃耀的雙眸浮出厲色。這種眼神就有如那些被藝術占據心神的人所特有的瘋狂熱情。

「很好。那麼就讓我們用更加豔麗的絕望與慟哭來渲染上帝的庭園吧。一定要讓天上的表演家知道不是只有上帝才了解什麼是真正的娛樂！」

「你又想幹什麼大事了吧!?老大。」

看到「藍鬍子」流露出前所未有的興奮表情，龍之介同樣也因為期待而雀躍不已。

「既然這麼決定，就先大肆慶祝一番。龍之介，今天我們就來辦一場別開生面的精緻宴會，好好玩一玩吧。」

「瞭啦！我要做一個比那些燒掉的東西還要更 COOL 的作品！」

龍之介兩人今晚的「收穫」有五個人。被帶進黑暗當中的孩子們不知道自己身在何處，現在還嚇得渾身打顫，默不作聲，彼此靠在一起看著綁票犯人的狂態。

被詛咒的修道者已經發現新的點子，現在這些無辜幼子的靈魂已經無法期待有一絲生機了。

## -95:28:46

驀然向窗外一望，天已經亮了。

衛宮切嗣對於東升的旭日沒有一點感覺，繼續整理情報。

三天前與舞彌會面的新都站前的廉價旅社，現在仍是他其中一個藏身處所。切嗣已經拒絕一切客房服務，在牆上貼滿冬木市全區的白地圖，將各處情報用貼紙與標籤逐一詳細記錄下來。

連日來的巡邏路徑與時間、來自使魔的情報、靈脈的變動、從警方的無線電通訊竊聽關於綁架事件的進展狀況與臨檢地點……圖表上鉅細靡遺地寫滿冬木市夜晚的狀況，已經變成雜亂無章的馬賽克模樣了。

右手默默工作時，左手一邊補充營養。切嗣以下意識的動作在口中反覆咀嚼他結束巡邏後在回來路上買來的漢堡速食。這九年來他已經吃膩了艾因茲柏恩家那如同宮廷料理般豪華的餐飲，對他來說，垃圾食物這種單調無趣的口味吃起來反而比較輕鬆。更棒的是能夠在不影響手上工作與頭腦思考的情況下填飽肚子。

把一連串的紀錄事項全部抄寫在地圖上後，切嗣退後一步俯瞰全圖，重新掌握聖杯戰爭的動向。

Archer——遠坂家沒有任何動靜，自從第一天擊退Assassin之後，時臣就像隻躲在洞穴裡冬眠的熊一樣一直閉門不出，安靜到讓人覺得詭異。

Berserker——使魔已經看到疑似是召主的人影幾次出入間桐宅邸，他的防備看起來很鬆懈，有可乘之機。但是Berserker謎一般的特殊能力能夠對抗同樣擁有神祕寶具的Archer，為了牽制時臣，目前暫時不用理會他。

Lancer——代替重傷的艾梅羅伊爵士，他的未婚妻索菈鄔・納薩雷・蘇菲亞利已經開始行動，現在這時候應該是她在指揮Lancer吧。不曉得她是使用『偽臣之書』當上代理召主，還是把令咒本身搶奪過來，與Lancer締結契約……如果是前者的話，就算殺掉索菈鄔也不能阻斷供給從靈的魔力，無法癱瘓Lancer。還需要觀察一段時間再決定是否要攻擊索菈鄔。

Caster——昨天晚上市內又有幾名兒童失蹤。看來監督者提出的懸賞沒什麼用，Caster還是肆無忌憚地不斷為非作歹。

Rider——毫無線索。因為他總是使用飛行寶具與召主一起行動，所以難以追蹤。乍看之下個性粗豪，但是行事小心謹慎，是個麻煩的強敵。

關於Rider與Archer，在艾因茲柏恩城休養的久宇舞彌不久前已經甦醒，切嗣已經從電話中藉由愛莉斯菲爾的轉述得到許多他們的情報了。

讓切嗣感到驚訝的是，聽說那兩個態度高傲的從靈竟然一起跑去找 Saber 辦了一場酒宴。如果只是這樣的話，當作是一種無聊的挑釁也就罷了。但是事情卻發展成意想不到的局面，最後 Rider 使出威力驚人的寶具，消滅了 Assassin。

Rider 施展的那個叫做『王之軍勢』的寶具固然讓切嗣在意，但是他更掛心 Assassin 的末路。

雖然還不曉得究竟是什麼樣的手法能夠讓從靈無限增殖，但是昨晚襲擊艾因茲柏恩城的行動應該是動員了所有 Assassin 的戰力沒錯。如果不是全軍傾巢而出的話，想要以人海戰術補充戰力不足就失去意義了。這次和之前在遠坂家演出的騙人戲碼不同，Assassin 應該是完全消滅了。

那麼——Assassin 的召主又如何呢？

切嗣長嘆一聲，點燃今天第一支香菸。到頭來他所擔心的事情還是著落在「那裡」。

言峰綺禮。第四次聖杯戰爭當中最大的『異物』——

切嗣到現在還是不明白這個男人究竟為什麼參加這場戰爭。

當他在倉庫街的大亂鬥中發現 Assassin 的時候，還認定 Assassin 的召主可能是遠坂時臣手底下的傀儡，擔任斥候的工作。但是言峰綺禮之後的種種行為卻又讓他難以理解。

事先料到切嗣會攻擊住在冬木凱悅飯店的肯尼斯，在中央大廈的建築工地埋伏襲擊——

在艾因茲柏恩的守城戰中，他就像是預先料到一般，從森林東側戰場的相反方向入侵——

這兩件事最讓切嗣不高興的是，唯有假設綺禮的目標是切嗣才能解釋他的行為。安排一齣精緻的騙局演出落敗的戲碼，然後在冬木教會的包庇之下，率領眾多Assassin進行諜報活動。雖然他們是敵人，但也不得不說這的確是一手好棋。可是如果要讓這局棋更加完美的話，綺禮應該待在冬木教會裡，一步都不能出來才對。

再說切嗣隱身於愛莉斯菲爾與Saber之後，雖然現在真實身分已經讓艾梅羅伊爵士的陣營知道了，但是直到前天應該還沒有任何人發現自己的存在才對。就算利用時臣的情報網事先得知切嗣在暗處活動，他們也不可能料到切嗣才是Saber真正的契約者。可是綺禮卻不惜撇下大局戰略，直接找上切嗣。他究竟有什麼企圖？

或許他根本沒有任何理由，單純只是為了私怨，但是這個可能性極低。切嗣已經調查過言峰綺禮的經歷，與自己完全沒有任何關聯。又或切嗣過去暗殺的魔術師，或是在追殺過程中犧牲的人當中有綺禮的故舊親屬，但是這個理由也很牽強。

不管事實如何，現在能夠確定的是——就算失去Assassin，言峰綺禮日後還是一定會出現在切嗣面前。不論他的動機是什麼，顯然與聖杯戰爭無關。他不是那種失去從靈就會乖乖退出的人。

伴隨一口無奈又沉重的歎息，切嗣吐出肺部中的紫煙。

一旦開始思考言峰綺禮的事，他就會陷入一種彷彿面對無盡黑暗的感覺。這種叫人直打哆嗦的寒意可說是人性中最原始的恐懼。

切嗣的戰術完全是以「攻敵不備」為主體。只要能夠知道敵人的意圖為何、前進的目標是什麼，自然也就可以看出對方的死角或是弱點。而凡是魔術師這種人，只要論及「目的意識」十之八九都比常人更加清楚好懂，所以切嗣至今才能這麼順利地精準獵殺「獵物」。

也因為這樣，像言峰綺禮這種「不知表裡的敵人」就是他最大的威脅。更何況面對這樣難纏的敵人，切嗣現在還居於守勢。

這個追蹤者破解自己的手法，就好像是看出自己的思考一樣。他是唯一一個讓切嗣從狩獵者轉為獵物立場的意外要素——

「……你到底是誰？」

切嗣不禁出聲喃喃說道。愈是思考言峰綺禮的事情，答案就愈遙遠，只是讓自己愈來愈焦躁。

如果可以二話不說宰掉他的話不知道該有多輕鬆，考慮到今後還得冒著風險一直防範未知的奇襲，這或許也是一種可行的方法。

切嗣在鄰鎮的租借車庫裡藏了一輛已經改造為可遙控操作的油罐車，那就是一種適合都市游擊戰的廉價巡弋飛彈。這是他用來預防間桐或遠坂採取籠城戰略時的王牌，只要讓玩意兒衝進綺禮藏身的冬木教會裡，就算那個代行者再厲害也不堪一擊……

『……蠢蛋，別鬧了。』

切嗣告誡自己，用力把菸頭在菸灰缸中捻熄，平息心中的焦慮。

現在自己還有許多敵人必須優先剷除，爭奪聖杯的戰爭就是要必須不斷贏下去。從聖杯戰爭的觀點來看，言峰綺禮只不過是一個已經敗退的召主。就算不知道他為何盯上切嗣，如果太過拘泥於他的意圖而忘了最重要的聖杯戰爭，根本就是本末倒置。

自己身陷急躁情緒的模樣讓切嗣感到很不高興。這可能是判斷力開始降低的前兆，需要重新設定。

在他上一次睡眠之後已經過了七十小時。雖然安非他命讓他不為睡魔所苦，但是疲勞還是在下意識不自覺地累積起來，不知不覺讓他的集中力降低。

距離白天與舞彌會合之前稍微還有一點時間，應該趁這點空檔消除疲勞。

衛宮切嗣把自己視為一部機械裝置，對於自己的身心毫不愛惜，也不甚重視。調節身體狀況與管理健康就和他保養自己使用的眾多槍枝是相同的意思，只是為了讓身體機能更精銳、更完美而已。

切嗣從洗手間回來躺在床上後，開始用自我催眠的咒文將意識分解。這一劑猛藥能夠把疲勞連同意識領域一起消除——換句話說，就像是精神上的拆解保養。

這項咒文就自我催眠術來說不算什麼高難度魔術，可是儘管只是暫時性的，多數人還是不願意把自己的意識切割成無意義的片斷，更鮮少有人會自願這麼做。但是切嗣卻單純只從效率的觀點認為這是最佳的休眠方法，常常使用這種魔術。

大約兩個小時之後，散亂的意識就會自然再生，屆時自己就會帶著重獲新生的感覺甦醒吧。肉體在這段時間將會變成一具活屍就這麼擺放著，不過現在這處藏身地安全無虞。

過沒多久，切嗣已經連仇敵的身影都從心中排除，陷入無夢的睡眠當中。

窗外，沐浴在晨光之下的街道正要開始嶄新的一天。

# -91：40：34

「你今天的心情倒好啊，Archer。」

金色從靈一如往常，大剌剌地占據言峰綺禮的房間。不知為何，從今天早上開始他的臉上就一直掛著危險的笑容。

一般來說，笑容這種東西應該會讓同處一室的人心情和悅，不過綺禮偏偏不是那種會因為他人的喜悅而感到高興的人。而且就算想像英雄王的喜悅是什麼內容，也只會讓人心中七上八下而已。

「雖然還看不出來聖杯這玩意兒到底有多了不起——不過就算只是破銅爛鐵也無妨，本王已經找到除了聖杯以外的娛樂了。」

「哦……真是叫人意外。你是說在這個被你譏笑為只有贗品的醜惡世界嗎？」

「這一點還是不變。但是本王已經改變心意，決定直到最後好好觀察這場聖杯戰爭了。」

可能是昨天晚上在艾因茲柏恩城中庭裡舉辦的奇妙酒宴讓Archer的想法產生了什麼變化。綺禮直到中途也有觀看酒宴的情況，他想得到的可能性——就是Archer與

Rider或是Saber之間的問答。

「本王喜歡傲慢的生命，喜歡那種不了解自己的器量多麼渺小，還懷抱著遠大理想的人。只要看著那種人就讓本王感到愉快。」

Archer悠然自得地將酒杯朝一臉不解的綺禮微微一傾，繼續說道：

「傲慢也有兩種，分成器量過小與願望太大兩種狀況。前者平凡無奇，不過就是愚蠢二字而已。後者可就非常稀少，相當難得一見了。」

「這兩者不同樣都是愚昧不明嗎？」

「比起平凡無奇的智慧，稀有的愚蠢不是更加珍貴嗎？有一種人雖然降生為凡人，卻心懷非凡人的宿願，還為此捨棄人身——這種人的悲哀與絕望令人百看不膩。」

Archer就像是在祝賀什麼事情似地高舉酒杯，然後優雅地將杯中物飲盡。不管再怎麼大吃大喝，這名英靈始終不會給人貪吃的印象，這也是王者的風範嗎？

「倒是你，綺禮。今天難得看到你心情這麼好。」

「只是覺得安心而已。我終於擺脫那煩人的重擔了。」

原本刻印在言峰綺禮右手上的令咒已經不在。這是因為他的從靈Assassin昨天晚上在艾因茲柏恩城中的戰鬥被打敗而消滅了。

綺禮已經喪失召主的權限。換個角度來看也如他所說一般，這次他真的卸下了身為召主的職責。這樣一來，綺禮的教會生活也終於名副其實了。

「消失的令咒後來怎麼樣了？那麼強大的魔力聚合體怎麼可能完全消失不見。」

「就理論上來說，令咒會再次回歸聖杯。令咒畢竟是聖杯賜予的，聖杯當然會從失去從靈而喪失召主資格的人身上收回令咒。然後如果出現失去召主而解除契約的從靈，聖杯就會把回收還沒使用的令咒再分配給新的契約候補者。」

分配給七位召主的二十一道令咒只要沒有使用消耗掉的話，就會一直留存於現世。直到戰爭結束後都沒有用掉的殘留令咒就會全部交給監督者。

「那麼根據今後的事態演變，也有可能出現新的召主嗎？」

這位英雄王應該對與自身欲望無關的事情一向都不感興趣才是——

綺禮對於基爾加梅修的問題感到有些奇怪，但還是繼續說明：

「沒錯，但是會被聖杯選上的合適人選並不多。所以就算要找新的召主，結果聖杯還是傾向優先選擇之前它認定能夠成為召主的人。

其中『初始三大家』的召主更是享有特別待遇。就算失去從靈，如果當時有其他從靈沒有締結契約，甚至可以繼續保有召主權限，連令咒都不會喪失。聽說這種例子以前發生過好幾次。」

「——」

綺禮從靜靜傾聽的基爾加梅修眼中感受到一股危險的壓力，說到這裡暫時停了下來。

「怎麼了？繼續說啊，綺禮。」

「……總之，這就是為什麼聖堂教會要保護在戰局中淘汰的召主。如果剩餘的召主中有席次空出來的話，聖杯很有可能會把『用剩的令咒』賜給他們。所以聖杯戰爭的參加者不只需要癱瘓敵方的召主，還要殺死他們。為了預防萬一，就算是喪失資格的人也不能讓他們活在世上。」

「呵呵。」

基爾加梅修好像很愉快似地輕哼兩聲，輕搖酒杯中的葡萄色液體。

「照這番理論來看的話——綺禮，你不就很有可能再度獲得令咒嗎？」

對於英雄王指出的意見，這次輪到綺禮發出冷哼了。

「不可能。雖然聖杯對我有所期待，但是如果依照時臣老師的說法，我被選上的原因是為了協助遠坂陣營的話，那我已經完成助手的使命了。Assassin 的調查已經全部結束，時臣老師對所有召主與從靈都已經擬出克敵戰略，現在已經輪不到我出面了。」

「依本王來看，時臣的假設根本就很可疑。本王不認為那個男人有那麼了不起，值得讓聖杯這樣偏袒他。」

「對自己的召主，你說話竟然這麼不客氣。」

基爾加梅修那雙鮮紅色的眼睛一轉，瞪著失笑的綺禮。

「綺禮，看來你對本王與時臣之間的主從關係有很深的誤解。時臣以臣子的身分對本王盡禮數，奉獻他的魔力做為貢品。因為是這種契約關係，所以本王才會接受他的召喚，不可把本王與其他那些如同走狗般的從靈視為同類。」

「那麼你又如何看待令咒的存在？」

「讓人難以接受……但是如果臣子能夠努力當個忠臣的話，本王也不吝於偶爾聽聽他的諫言。」

綺禮不禁露出苦笑。

如果基爾加梅修知道聖杯戰爭真正的目的……他和時臣的契約關係就會在那一瞬間破局吧。不過就算情況演變到那種局面，擁有令咒的時臣當然還是占有壓倒性的優勢。

「目前眾人追殺 Caster 的競爭還會再持續一陣子，之後再把比較弱的敵人淘汰之後——Archer，到時候就輪到你出場，以後你就沒有時間像現在這樣大嚼舌根了。」

「依照時臣那小子溫吞的做法，那還是很久之後的事吧。目前本王只能找別的興趣來排遣無聊——綺禮，你剛才說 Assassin 已經完成所有的工作是嗎？」

「啊～你是說那件事情嗎？」

之前他們兩人說著說著，綺禮在 Archer 的要求之下參加他的「消遣活動」——滿足他想要知道每位召主追求聖杯的動機的無聊好奇心，而這也是 Assassin 受命要完成的工作。

「調查已經有一定程度的結果了。昨天晚上應該叫 Assassin 自己向你報告的，這樣就可以省下說明的麻煩——」

「不，就是這樣才好。」

不知為何，基爾加梅修以果決的口吻打斷綺禮。

「本王不想聽那些黑影子說話。綺禮，這份報告一定要由你親口說出來才有意義。」

「……」

綺禮大感不解，不曉得基爾加梅修究竟有什麼打算。無奈之下，他還是以簡短的內容快速列舉出每位召主的個人資料。

光是竊聽召主與從靈或是與同伴之間的對話所得到的情報材料，就足以推測他們參加聖杯戰爭的原因了。

Lancer 的召主與 Rider 的召主沒有什麼願望要求聖杯，似乎只是為了魔術師的榮譬而追求勝利而已。

至於Caster的召主更是連聖杯是什麼東西都不知道，參加聖杯戰爭只是他享樂殺人的延長行為而已。

Berserker的召主則是為了「贖罪」這種天真的理由參加戰爭。因為自己曾經逃出間桐家，導致遠坂家的次女代替他被拱為間桐的下任家主。事到如今他反而回頭要求放走遠坂的女兒……做為談判的籌碼，他的使命就是要贏得聖杯。而且他過去似乎與時臣的妻子葵還有一段因緣，在某種意義上來看，敵對的五名召主當中就屬他的動機算是最鄙俗而凡庸的。

關於Saber的召主——綺禮則是編了一套謊言搪塞Archer。

直到Assassin昨晚意外退場之前，他們還是沒辦法捕捉到衛宮切嗣的行蹤。所有人當中只有那個男人似乎打從一開始就看穿第一位Assassin的落敗是一場假戲，行事始終非常小心隱密。如果他的觀察力真的高明到這種地步，只能說他實在洞燭機先。就算不是，能夠一直不被間諜英靈掌握到行蹤，他的細心周到也很值得讚賞。不管在任何方面，那個男人都和其他召主完全不同。

再說就算綺禮已經探出切嗣真正的意圖，他也絕對不會告訴Archer吧。

雖然現在還有幾個疑點不明，但是綺禮期望與衛宮切嗣對抗的目的意識仍然不變。這是綺禮個人的問題，與聖杯戰爭無關，他完全不想讓一個只顧自己興趣的外人干涉這件事。

所以綺禮當場編出一套說詞，說艾因茲柏恩勢力單純只是為了實現長年的執念，也就是為了讓聖杯降臨而參戰。Archer 完全沒有察覺綺禮內心的想法，只是一臉無趣地聽著。

「——哼，真是讓人失望透頂。」

這是 Archer 聽完五位召主的基本資料之後，開口所說的第一句話。

「雜種終究只是雜種，每一個都是無趣的凡夫俗子。為了無聊的理由爭奪本王的寶物……所有賊人都該處以極刑，毫無斟酌的餘地。」

Archer 狂妄又目中無人的語氣讓綺禮無奈地長嘆一聲。

「叫別人勞心勞力蒐集情報，結果這就是你的感想嗎？你也該為我這個被你拖下水，到頭來白忙一場的人想想吧。」

「你說這是白忙一場？」

此時英雄王立刻露出一抹耐人尋味的笑容，故意回問道：

「你怎麼這樣說，綺禮。你和 Assassin 的辛勞不是已經有很豐碩的成果嗎？」

綺禮聽不出 Archer 這番話中帶有什麼玄機，雙眼凝視著他。

「你在捉弄我嗎？英雄王。」

「你不明白嗎？這也難怪，因為你是個連自己的愉悅是什麼都看不出來的男人嘛。」

面對綺禮的凝視，Archer冷笑一聲，慢條斯理地繼續說道：

「——就算你沒有自覺，但是本能之中靈魂還是會追求愉悅。打個比方，就像是野獸會循著血腥味一樣。像這種心靈上的活動，對外就會以興趣與關心的形式表現出來。所以綺禮，本王要你把所見所聞與所知的事情由你親口說出來是有充分理由的。你用最多的詞句來表現的部分就是最吸引你『興趣』的事情。

特別是如果想要探尋『愉悅』的來源，最好的方法就是叫你去談論人。名為世人的玩具、名為人生的遊戲……再也沒有其他娛樂更勝於此了。」

「……」

就算是綺禮，這次也不得不承認自己的確是大意了。

本以為這只是英雄王特有的任性餘興遊戲罷了，萬萬沒想到他竟然打著主意用這種方式剖析綺禮的內心。

「首先就先把你故意隱晦不談的人物剔除吧，有自覺的關心只不過是執著罷了。以你的狀況，應該要著眼於連你自己都沒發現的興趣所在。

這樣一來，剩下的四位召主當中，你在敘述的時候講得最熱心的人是誰呢……？」

綺禮心中感到一陣不祥的騷動。如果可以的話，他不想再繼續討論這個話題。

Archer注意到綺禮的不安，心情似乎愈來愈好。他面露滿意的笑容，喝了一口酒潤潤喉嚨。

「Berserker的召主，你說他叫做雁夜是嗎？綺禮啊，關於這個男人的事情，你倒是報告得很詳細嘛。」

「……這只不過因為他是一個背景很複雜的人物，需要多一點說明而已。」

「哼，你錯了。只有對這個男人，你命令Assassin要深入調查到『挖出這些複雜的背景』，這都是因為你那毫無自覺的興趣。」

「……」

在進一步反駁之前，綺禮先回想自己的行為。

間桐雁夜……綺禮一直認為他是一個需要特別注意的人物。不只因為他對時臣的舊恨，他手下的Berserker具有奪取寶具的怪異能力，對Archer來說是剋星中的剋星。

但是如果要論危險性的話——雁夜與Berserker還不一定會排在前面。

一名半路出師的魔術師被迫負擔一個瘋狂化的從靈，他們這一組應該是五組敵人當中消耗最快的隊伍。就算不用苦心算計，只要採取持久戰就夠應付了。

只要放著不管就會自我毀滅。在某種意義上來看，他們算是最好對付的敵人。像這種敵人還特別詳細調查……平心而論，或許這的確是一種不合理的行為。

「……我承認，這是我的判斷失誤。」

綺禮以一種聖職者長年修身養性培養出來的特有謙虛態度頷首說道。

「仔細一想，間桐雁夜確實是個短命又脆弱的敵人。以長遠的眼光來看，他根本不是威脅，不值得去注意。Archer，因為我對他的評價過高，結果卻招致你不必要的懷疑。」

「哼哼，來這套嗎？」

即使綺禮已經讓步，Archer 那雙散發出妖異精芒的血紅色眼眸依然高深莫測，讓人難以窺知其心。

「那麼綺禮，接下來假設一個狀況——假設奇蹟發生再加上僥倖，萬一 Berserker 的召主當真存活到最後的話。你能夠想像那時候會發生什麼事嗎？」

「——」

假設。如果只是虛構想像的話……

間桐雁夜所追求的最終局面就是與遠坂時臣對決。雖然他毫無勝算，不過假設他打贏時臣，甚至獲得了聖杯，到時候雁夜所要面對的是什麼？

……不用說，他要面對的就是自身的黑暗面。打著替葵搶回女兒的正義大旗，但卻必須從她身邊奪走丈夫的一大矛盾。雁夜的內心當中並沒有發現這項矛盾……不，他是故意忽略。這也代表著他欺騙自己，隱瞞心中的嫉妒與低劣情欲。

站在染滿鮮血的勝利頂峰，間桐雁夜將會被迫面對自己內心中最為醜惡的一面。

Archer看著綺禮默默思考的臉龐，露出會心的微笑。

「綺禮啊，你差不多也應該已經發覺了吧？這個問題真正的本質意義是什麼。」

「……你說什麼？」

Archer的晦澀暗示讓綺禮愈來愈困惑。

自己剛才的思慮應該沒有任何遺漏才是……

「告訴我，Archer。要我假設間桐雁夜獲勝究竟有什麼意義？」

「沒什麼意義，一點意義都沒有——喂喂，別擺出那種嚇人的表情。本王已經說過好幾次了，這不是在捉弄你。

你仔細想一想，言峰綺禮到最後還是『沒有發覺』這段思考毫無意義。你不認為這件事實背後的意義既清楚又明確嗎？」

再繼續絞盡腦汁想下去就著了Archer的道吧。綺禮已經放棄思考，將身軀靠在椅背上。

「說明清楚，Archer。」

「如果拿其他召主來問你同樣的問題，你很快就會發覺這個問題沒有意義，根本是白費功夫。但是關於雁夜，你卻沒有察覺出來。你放棄平時精準的思考，沉浸在無謂的妄想當中。

你忘了這件事是多麼地沒有意義，就算徒勞無功也不以為苦，這正是所謂的『興致』。好好慶祝吧，綺禮，你終於了解何謂『娛樂』了。」

「……你是說娛樂就是愉悅嗎？」

「沒錯。」

Archer的語氣果斷。但綺禮同樣也以堅決的態度搖頭說道：

「間桐雁夜的命運根本不存在人性中的『喜樂』要素。就算他活得再久，也只不過是不斷累積痛苦與悲哀而已，倒不如早早死了還比較幸福。」

「——綺禮，你為什麼要把『喜樂』的定義看得這麼狹隘？」

Archer長嘆一口氣，好像是對學生駑鈍的腦袋感到無奈。

「把痛苦與悲哀當成一種『喜樂』又有什麼矛盾？所謂的愉悅沒有固定的形式，你就是因為不明白這一點才會覺得迷惘。」

**「這是天理不容的！」**

這聲怒吼一半出自於下意識的反應。

「英雄王，我可以理解像你這種非凡人的魔性會以他人之苦為樂，但那是罪惡之心，應該受到懲戒之惡行。特別是在我言峰綺禮終生信奉的這條信仰之路上！」

「所以你一直以來都把愉悅當作是一種罪惡嗎？哼哼，真虧你能這麼彆扭。你真是個有趣的男人呢，綺禮。」

當綺禮正要開口回嘴的時候，突來一陣強烈的劇痛讓他痛得彎下腰來。

「——!?」

左手上臂接近手肘的位置感到一陣燒灼般的疼痛。他當然不知道原因為何——但卻知道這陣痛楚是什麼。同樣的怪異現象他在三年前已經體驗過一次了，那時候是在右手的手背，而那就是一切的開端。

痛覺很快就被一陣熱辣的刺癢感所取代。綺禮驚訝地腦筋一片空白，他捲起上衣袖子，檢視左手臂。

果不其然，那正是命運的聖痕。對Assassin使用過一次之後剩餘的兩道令咒再次重現，形狀與大小都與先前一樣。

「哦，果然和本王所料想的一樣。可是沒想到竟然這麼快。」

「這怎麼可能——」

新的令咒。雖然綺禮能夠理解那陣燒灼的麻痺感如假包換，但是他仍然驚訝地說不出話來。

這是不可能的。

目前所有召主都還存活，也沒有任何一名從靈喪失契約。他竟然在這種情況下重新獲賜令咒，這種例子過去前所未見。

而且再次獲得同一道令咒的不是『初始三大家』的人，反而是一個對聖杯沒有任何願望的失敗者。根本無從解釋這種異常事態。

「看來聖杯對言峰綺禮相當期待。」

Archer臉上掛著隱藏一絲邪氣的美豔微笑，看著綺禮震驚的模樣。

「綺禮，你也應該回應聖杯的期望才對。你的確有足夠的理由追求聖杯。」

「我要……追求聖杯？」

「如果那玩意兒真的是萬能許願機的話，它就會把深埋在你心中，就連你自己都無法理解的願望具體呈現出來吧。」

看著Archer那洞悉一切的表情，綺禮有一種似曾相識的感覺。沒錯，他想到的是聖經的插畫中所描繪的伊甸園中的蛇。

「綺禮啊，思考絕對不會帶給你任何解答。受到倫理束縛的思考就是扭曲你這個人的元凶。

既然如此，那就取得聖杯祈求吧。然後看清楚聖杯究竟帶來什麼，將那物事當作是你的幸福吧。」

「……」

這是綺禮至今從未有過的想法。

這就好比把目的與手段對調。因為不曉得自己的願望是什麼，所以將許願機本身當成一種手段，讓它去占卜結果的逆向悖論。

如果只是想求個答案的話──這確實是很有效的手段。

「……但是必須要消滅六個願望才能得到這個結果。如果為了我個人的需求追求聖杯的話……這就代表連吾師都會成為我的敵人。」

「如果你要與本王競爭的話，好好選個夠強悍的從靈吧。」

Archer隨口建議兩句，一副好像事不關己的模樣，一邊喝下剛倒進酒杯裡的酒。

「而且最初的前提是你必須先從其他召主手中把已經締結契約的從靈搶過來才行。既然這樣，乾脆……不，還是別說了。呵呵，接下來的一切都操之在你了，綺禮。」

綺禮完全不了解第二次獲得聖痕究竟代表什麼意義，他心中的糾葛似乎讓Archer

覺得很愉快，英雄王鮮紅的雙眼中閃動著血色的愉悅。

「盡量去追求吧，這才是娛樂的真理。然後娛樂將會帶來愉悅，愉悅又會指引出幸福。

在你眼前已經有一條路了，綺禮。而且還是一條清楚到根本不需要猶豫的道路。」

## -91:23:15

說到身為騎士最不可欠缺的要素，無非就是長劍與鎧甲。但是還有一項東西比這些武具更重要，那就是一匹坐騎。

跨坐在馬鞍上，自由操縱手中韁繩在戰場上奔馳的英姿正是騎士們的真正期望。其實也不限於騎馬，其他四足走獸、戰車，或是幻獸之類也都可以。獲得比步行還要更迅速的機動力，這種痛快感覺就是所有『騎乘行為』本質中共通的喜悅。

對於終其一生以騎士王身分度過的 Saber 來說，「駕馭」這種行為早就已經深植在她的靈魂中，幾乎等於是一種本能衝動了。現世成為從靈的她所具備的『騎乘』技能主要應該也是來自這種心靈寫照吧。

這真是太了不起了。

Saber 在心中發出無聲的讚嘆，手指輕輕撫摸 Mercedes・Benz 300SL 的方向盤。

她以前一直以為操縱機械裝置的感覺與疼愛駿馬的行為肯定完全不一樣。但是實際體驗過之後，機械裝置那種精細而深奧的動作反而讓她有一種錯覺，彷彿自己面對的是一種有生命的生物。

雖然在知識上，她知道這是一架沒有血液流動也沒有靈魂的精密齒輪裝置，但是這架 Mercedes 卻能忠實地感受 Saber 這位駕馭者的心意，以強而有力的疾速奔馳予以回應。這種溫順的模樣讓她不禁感到一種信賴與滿足感，就像是在駕馭自己的坐騎一樣。

「也難怪愛莉斯菲爾會這麼熱衷了。」

雖然 Saber 心裡覺得認同，但是腦海中卻浮出一點小小的疑問——愛莉斯菲爾是那麼地喜歡駕車，今天怎麼會想把方向盤讓給 Saber 呢？

「開車的感想如何？Saber。」

坐在副駕駛座的愛莉斯菲爾問道。她的表情看起來非常滿足，就像是母親在一旁看著自己的兒子拿到新玩具時歡欣鼓舞的模樣。

「真是完美的騎乘工具。我甚至忍不住去想，要是在我的時代也有這種工具該有多好。」

Saber 暫且將心中多餘的疑慮抹去，報以真誠的微笑。愛莉斯菲爾一定是知道 Saber 會高興才讓她坐上 Mercedes 的駕駛座，也就是說，這應該是她褒獎忠心騎士的一份心意。那麼自己就不該胡思亂想，應該心懷感激，好好享受駕駛的樂趣才不會失了禮數。

「從靈的技能還真是厲害。雖然是第一次接觸這種機械，但是妳的操縱技術真的很完美呢。」

「雖然這種感覺有一點奇怪——但是我覺得好像在使用一種很久以前就已經熟悉的技術。

不是以理論去理解，而是自然就會想到接下來的操作步驟。」

愛莉斯菲爾頗感興趣地輕哼一聲，露出某種危險的笑容。

「我突然想到了。如果從某個黑市買來最新型的戰車還是轟炸機讓妳坐上去的話，是不是可以一口氣結束掉這場聖杯戰爭？」

雖然明知愛莉斯菲爾是在開玩笑，Saber 還是忍不住面露苦笑。

「這個想法很有趣，但是我敢拍胸脯保證——不管在任何時代都沒有一種武器比我手中的劍更厲害。」

雖然 Saber 的主張很狂傲，但是愛莉斯菲爾並沒有反駁。只要看過一眼從靈之間的對戰，就會明白她所說的話不是誇張傲慢，而是不折不扣的事實。

「話說回來，舞彌好像愈走愈進入冬木市的中心了——」

Saber 看著在前方帶路的小貨車，語氣有些緊張。

「——真的不要緊嗎？那個當作新據點的房子竟然就在戰場正中心……」

「這一點妳不用擔心。遠坂與間桐都是這樣大剌剌地把據點設置在市內，其他外來的召主大致上也一樣。艾因茲柏恩家把城堡蓋在那麼遠的地方反而才奇怪呢。」

在這場以暗鬥為大原則的聖杯戰爭當中，據點的地理位置並沒有什麼太大的意義。地脈的優劣或是靈質條件等這些魔術因素才是他們眼中的『地利』。

「而且其他召主不知道這個地點。從這一點來看，切嗣所準備的新據點可能比以前的城堡還更有利。」

「……」

一聽見切嗣的名字，Saber的表情果然露出一絲陰霾。或許就連她本人也沒發覺吧。

愛莉斯菲爾想著這也難怪，在她的心中都已經放棄了。Saber與切嗣的關係不睦是早在一開始就已經預料到的事，愛莉斯菲爾現在的立場本來就是為了要彌補雙方的關係。現在事態演變至此，只能說他們兩人關係已經是「昭然若揭」了。

平凡的小貨車與古典跑車形成一種奇妙的對比組合，兩輛車終於度過了冬木大橋，進入深山町。周圍的景象從新都的街景陡然一變，單調卻讓人嗅到歷史風情的靜謐住宅櫛比鱗次並排在一起。

「來到這附近，距離遠坂或是間桐的據點，應該已經近到只要想去的話就可以直接走過去。還真是選了一個危險的地方當根據地呢……」

「切嗣可能認為這反而是一種盲點。說到攻敵之不備這一點，他的思考一直都是很精準的。」

Saber的評論不帶有私情，但是當她說話的時候，語調還是相當冷硬。如果單單只論戰略上的見識，Saber也無意否定切嗣的理論。她不能容忍的是切嗣那種完完全全只顧戰略性的冷酷方法論。

過了不久，舞彌將小貨車向著一堵又矮又長的灰泥牆靠過去，在路邊停了下來。看來目的地似乎已經到了。

「就是這裡……嗯～這棟建築物還真奇怪。」

Mercedes跟在小貨車後面停下。愛莉斯菲爾下車後的第一句話，就先表現出自己的疑惑。

那是一棟古意盎然的純日式建築，應該已經頗有一段歷史。在這彷彿被時間所遺棄的深山町中，這種樣式的住宅雖然並不算稀奇，但是以木造平房的格局來說，這棟建築的占地實在大了點，和近代日本的住屋狀況兩相比較之下，只能說這棟房子算是相當稀少的特例。

而且這棟住宅的荒涼程度同樣非比尋常，可能有一段很長的時間都沒有人居住。

或許是因為這棟房子曾經有過什麼背景吧，在沒有人入住的情況下竟然也沒有被拆毀，就這樣一直在市街當中占據著一大片面積，形成一塊荒廢的空白。

「從今天開始，就請您兩位把這裡當作根據地。」

從小貨車上走下來的舞彌以事務性的口吻說道，向愛莉斯菲爾遞出一串鑰匙。

「啊，這東西就由Saber保管吧。」

「——好的，愛莉斯菲爾。」

照道理來說，住宅的鑰匙應該交由主人保管。但是Saber毫不猶豫地，從舞彌的手中接過鑰匙串。

除了院子大門與玄關鑰匙之外，其他的應該是便門和別館的鑰匙吧。以一般的民家來說，這些鑰匙算很多了。這些全部都是現代圓鎖的鑰匙，唯有一支鑄造鑰匙看似年代特別久遠。

「舞彌，這是什麼鑰匙。好像和其他的鑰匙差很多。」

「這是院子裡倉庫的鑰匙。雖然很舊，但是已經確認過倉庫門很牢靠，沒有問題。」

舞彌說完之後，好像又想起這棟住家的狀態，冰冷的表情露出些許的憂鬱。

「非常抱歉，因為這棟房子的所有權是前不久才買下來的。就如您所見，這裡一點準備都沒有，做為生活起居的場所可能不是很恰當……」

「沒關係，總之只要可以遮風避雨的話就可以了。」

以一名出身高貴世家的千金小姐來說，這樣的評語實在讓人感到貼心。事實上說到荒廢的程度，這裡和成為戰場之後的艾因茲柏恩城實在也差不到哪裡去。

「——那麼我先告辭了。」

可能是切嗣有交代其他什麼任務吧，舞彌三言兩語向兩人道別後回到小貨車上，就這樣開車揚長而去，把Saber與愛莉斯菲爾留在空屋的門前。

「好了。那麼Saber，我們就來檢查新家吧。」

「是啊……」

打開大門的鎖，映入眼簾的果然是一片長久以來沒有人整理、任由雜草叢生的前院。主體建築的平房雖然沒有石造城堡聳立天際般的壓迫感，但是彷彿隱藏在荒煙蔓草之後，同樣也讓人感到陰森非常。

「感覺好像是日本風格的鬼屋呢。」

愛莉斯菲爾對這棟廢屋荒涼的模樣非但完全不以為意，反而好像很興奮似的，喜孜孜地看著四周，就像是一個期待到遊樂園一闖鬼屋的頑皮小孩一樣。愛莉斯菲爾偶爾會流露出這種天真的稚氣，總是讓Saber又是苦笑又是嘆息，不曉得該做何反應才好。

「咦？妳怎麼了，Saber？」

「——沒什麼。如果妳不在意的話就好了。」

對於身經百戰的 Saber 來說，夜宿野外的生活早就已經習以為常，陰森的廢墟根本不算什麼。只要愛莉斯菲爾能接受，把這棟空屋當作據點也沒什麼不好。

「走廊上一定是鋪著木板，用紙作的門在乾草緊密編成的地板上隔出房間吧。呵呵，我以前曾經說過想要看看日式住宅，不曉得切嗣是不是還記得這件事呢。」

「……」

雖然 Saber 一點都不認為那個如同機械般冷酷無情的男人在戰場上會花這種心思，不過她也不忍心對心情大好的愛莉斯菲爾澆冷水，只是在一旁默不作聲。

就這樣，愛莉斯菲爾一邊檢視灰濛濛的屋內一邊嬉笑，總算是把主屋徹底看個仔細了。然後她的表情突然轉為嚴肅，開始認真思考起來。

「內部不如妳的期待嗎？」

「不是，房子本身我已經好好欣賞過了——只是如果以魔術師的據點來說，這地方倒還有些難處呢。」

原本以為愛莉斯菲爾只是抱著遊山玩水的心態隨意走走看看，但是再怎麼說她都是一流的魔術師，看來該注意到的地方她一處都沒放過。

「雖然鋪設結界沒有問題，但是要設置工房的話就……考慮到這個國家的風土民情，雖然這也是莫可奈何的事情，但是這裡的格局這麼開放，魔力很容易就會流失。特別是艾因茲柏恩的術式……嗯～傷腦筋。如果可以的話，最好是有一間石造或是土造的密閉空間……」

Saber 靈機一動，取出還沒使用的最後一串鑰匙。

「聽舞彌說院子裡好像另外還有一間倉庫。我們也去那裡看看吧。」

「——啊啊，這裡就很理想了！」

一踏進倉庫中，愛莉斯菲爾立刻就很滿意地點頭說道。

「雖然狹小了點，但是在這裡就可以用和城裡一樣的方式組裝術式。總之只要先鋪設魔法陣應該就能固定起來成為我的領域了。」

或許切嗣打一開始就是想找一棟有倉庫的房子才會買下這裡吧。如今現代化的腳步愈來愈徹底，就算是在日本，想要找一間有倉庫的房子也不是一件容易的事。

「那我們開始準備吧。Saber，可以請妳幫我把放在車上的資材拿過來嗎？」

「好的，要全部搬進來嗎？」

「現在只要先拿煉金術系的道具與藥品就夠了。我想想……對了，應該全部都整理在紅色和銀色的化妝箱裡。」

「我知道了。」

堆放在Mercedes後車廂裡的貨物當中，有一件特別輕、特別小，但是愛莉斯菲爾卻指示搬運時要特別注意的物品。雖然打包的人是舞彌，不過Saber也有看過。

當Saber捧著化妝箱回來的時候，愛莉斯菲爾好像已經趁這段時間選定繪製魔法陣的位置，指著倉庫一隅的地面。

「不好意思，Saber，可不可以請妳幫我個忙？我要在那個地方畫一個直徑六英尺的雙重六芒星。六芒星的頭朝向那個方位。」

「——好。」

Saber在過去曾經向監護者學習過一些魔術的基礎知識，只是依照愛莉斯菲爾的指示動動手的話，對她來說並不困難。

因此她的迷惑不是針對愛莉斯菲爾指示的內容，而是她的意圖。

「可以請妳從調配水銀開始嗎？我會告訴妳調配比例，請妳慎重地——」

「愛莉斯菲爾，我想問妳一件事。」

Saber還是沒辦法視若無睹。她下定決心，把今天早上到現在一直藏在心中的疑問說出口。

「——可能是我多心了，不過今天妳好像一直有意避免碰觸物體。」

「……」

「開車、拿鑰匙……我本來還在想如果只是這點小事的話不需要太介意。但是連最重要的魔術實作妳都不願意自己動手。如果是我誤會的話，請告訴我。妳今天是不是有什麼不方便？」

愛莉斯菲爾好像很難啟齒，眼神四處飄移，支吾其詞。Saber 一邊小心自己的語氣不要過於強烈，一邊繼續問道：

「如果妳的身體狀況不佳的話，一定先要告訴我。我的任務是如果發生萬一的話必須要保護妳，妳的身體有不舒服，我就得更加小心注意。」

「……對不起，就算瞞著妳的確也沒什麼用。」

愛莉斯菲爾死心，嘆了一口氣，要 Saber 伸出手來。

「Saber，現在我要使盡力氣握妳的手，準備好了嗎？」

「嗯？妳請。」

丈二金剛摸不著腦袋的 Saber 握住愛莉斯菲爾的手。愛莉斯菲爾那隻以人子來說極為完美無瑕的纖纖細指，輕扣 Saber 的手掌……之後就只是不斷重複相當微弱的痙攣，手上完全沒有使力。

「……愛莉斯菲爾？」

「我不是在開玩笑。這已經是我現在能使出的最大力氣了。」

愛莉斯菲爾不好意思地苦笑，說出事實。

「用手指勾勾就已經是極限，根本沒有力氣抓握東西，所以不能操作易碎物或是機械。早上換衣服的時候真是費了我好大一番功夫呢。」

「這、這到底是怎麼一回事？妳身上哪裡受傷了嗎？」

Saber大感驚慌，愛莉斯菲爾卻只是若無其事地聳聳肩。

「因為有點不舒服，所以我把觸覺截斷了。只要封住五感當中的其中一種，就可以減少相當分量的靈格，不會對其他行動造成不便。人造生命體就是這一點方便，能夠自由自在地進行修正。」

「這種事怎麼可以這樣三言兩語打發掉！而且妳說身體不舒服，究竟是什麼狀況？是不是需要治療？」

「不用那麼擔心啦，Saber。妳可能已經忘記了，不過我可不是一般的人類喔。不能因為感冒就跑去看醫生——這個身體不舒服的毛病，嗯……應該說是我身體構造上的缺陷，所以沒問題。現在不需要妳擔心，我自己就可以處理了。」

「……」

雖然聽愛莉斯菲爾這麼說，Saber還是無法接受。但是如果再繼續追問下去的話，可能就會讓愛莉斯菲爾身為人工生命體這種「人造物」的事實被赤裸裸地掀開。Saber不忍心這麼做，因為她非常明白，「自己並非只是一具人偶」的自我意識一向是愛莉斯菲爾心中小小的驕傲。

「不過說是這樣說，還是有許多地方會麻煩到Saber。以後車子就像今天這樣，只能讓妳開。進行魔術儀式也需要請妳幫忙。雖然對妳過意不去，還是請多指教囉，我的騎士大人。」

「──這是應該的。我不該追問這些事，請妳原諒。」

「沒關係沒關係。來，我們快點把陣法設好吧。只要在與地脈連結的魔法陣裡好好休息，我的身體狀況應該也會稍微好轉一些。」

「我知道了，那麼請妳說明製作程序吧。」

就這樣，兩人重新著手進行把倉庫改造成臨時工房的儀式。依照愛莉斯菲爾的指示精煉水銀，設置艾因茲柏恩式魔法陣的作業當然需要一些集中力，但是難度並不高。與其說她們是魔術導師與高徒，倒更像是一對關係親密的姊妹。兩人就在輕鬆和睦的氣氛之下埋首於工作當中。

Saber暗暗下定決心，要把與愛莉斯菲爾在這間工房裡度過的一分一秒、兩人之間交換的微笑深深烙印在心中，永不遺忘。雖然這時候還不確定，不過說不定在她的下意識中已經有了某種預感。

這將是她最後一次與這位高貴美麗的公主殿下共同編織幸福的回憶。

# -90：56：26

有一批軍隊從遙遠的西方揚起滾滾塵沙而來。一開始每個人都認為他們只不過是一批普通的蠻族敵軍罷了。

早在他們舉兵攻來之前，就已經從傳聞中聽說他們驍勇善戰。在遙遠西方的希臘有一個叫做馬其頓的小國，一位年輕的君王從親生父親手中篡奪王位，之後以迅雷不及掩耳的速度平定鄰近諸國，入主港都科林斯（Korinthos）。

伊斯坎達爾——

聽說他的野心跨過海峽，將他那隻無法無天的手腕伸到這個偉大的波斯帝國來。

效忠光榮祖國的守軍當然不會畏懼侵略者。男人們賭上戰士的威信，迎戰征服王的軍勢。戰士們真正感到驚訝、退縮以及害怕，是在親眼目睹這批士氣異常高昂的敵軍有多麼凶猛之後。

敵兵不遵奉上天的旨意、也不高舉正義的大旗，應該只是一群為了實現一名暴君的貪欲而糾集的軍隊而已——但是他們個個剽悍，高聲發出咆哮進攻過來，極為威猛凶狠，最後終於擊敗發誓賭上性命守護祖國的將士們。

但是之後發生的事情才更讓敗軍之將真正感到訝異。

征服王面對嘶聲痛罵邪惡侵略暴行的俘虜，彷彿就像是個為自己的惡作劇找理由辯白的小孩子一樣，一點都不認為自己做錯事。他言道——朕不是想得到你們的國家，只是希望繼續向東行而已。

想把這裡當作進一步侵略的橋頭堡嗎——不，不是的。

難道他的野心跨過伊朗平原，甚至想要奪下遠方大君的領土嗎——不不，還要更往東行。

征服王愉快地對困惑不已的異國人民這麼說道：

『朕要前往世界的終點，親眼看看遙遠東方那片「世界盡頭之海（Okeanos）」，在那片沙灘上留下朕的足跡。』

當然沒有一個人當真。每個人都認為這是他隱瞞真正意圖的謊言，完全沒當一回事。

但是這個男人當真把攻下的占領地支配權以及利益全部一股腦兒扔給當地豪族，自己則是帶領軍隊繼續向東前進。戰敗的將士們呆呆地看著他的背影，這時候他們終於明白了。

那位臉上帶著一絲害臊笑意的霸王所說的「理由」全部都是真的。

他只是想要到東方去，因為這裡剛好擋到路，所以攻破這裡。將士們的光榮與驕傲只因為這種理由而被剝奪，故國土地遭受鐵蹄踐踏。他們才真正可悲。

一開始，他們感到悲憤不已。

然後他們對於自己的一世雄風，竟然因為這種愚蠢理由煙消雲散而感到自憐自嘲。

但是最終，失去一切的他們又回想起來。

在那群山疊巒的另一頭究竟能看到什麼——

在那蒼穹青空的彼方究竟有些什麼——

這不就是所有男人在往日少年時光裡都曾經神往的夢想嗎？

男人們拋棄赤子之心的夢想，汲汲於利益與功名。他們成為武將、成為執政者，花費大半時光掙來現在的地位。孰知在一夜之間粉碎他們的存在價值的人——竟然是一個懷抱著他們老早已經捨棄的夢想，至今仍然為之心醉的男人。

當男人們明白這件事之後，他們重新拿起武器。

他們把自己還沒當上英雄或是將領，還只是一介少年時第一次拿到的鎧甲與長槍從倉庫中翻出來。他們失去榮耀與尊嚴的內心重拾那時候的激昂躍動，追隨朝向東方遠去的大帝背影。

就這樣，王之軍勢在每次獲勝之後便更增聲勢。
在旁人的眼中，他們一定是一群相當奇怪的軍隊吧。
因為這些被打倒的英雄、落敗的將軍、失去王位的國王臉上全部都洋溢著笑容，眼神中充滿著期待，一起結伴策馬而行。
我們要向『世界盡頭之海』前進——
男人們大聲呼喊，齊聲高唱。
向東行，繼續向東行。
直到總有一天與「那個男人」一起看見傳說中的沙灘為止。

永無止盡的遠征繼續進行。
跨越炎熱的沙漠、翻過嚴寒的峻嶺、度過洶湧的大河。從不知名猛獸的獠牙下逃出生天，好幾次被玩弄於陌生異族的陌生武器與戰術之下。
就這樣，許許多多離鄉背井的士兵們在異鄉倒下。
他們把王者繼續前進的背影烙印在眼中而死去。
他們的耳中聆聽著遠方的浪濤聲而殞命。
傳說中，那些力竭而死的屍首臉上全都帶著驕傲的微笑。

最後——夢中的景象又回到那片他曾經看過的那片暮靄籠罩的海岸。

除了一波又一波的浪濤聲之外一無所有，一望茫茫無際的永恆之海。

這是那位王者在無盡的夢想中所描繪，但是最終仍然無法親眼得見的地方。

所以這一定不是「他」記憶中的情景——

而是在他風雨飄搖的一生當中，無時無刻懷抱在心中的心象吧。

英靈的記憶來自時空彼端，在這段讓人目眩神馳的幻夢最後，少年聆聽著世界盡頭的海潮之音。

這波浪濤聲或許就是在「他」心中鳴響的鼓動也說不定。

× ×

當韋伯說想要上街去的時候，Rider二話不說就答應了。

韋伯當然不是對這個地處極東之地，與古都倫敦根本無法相提並論的鄉下城市有什麼興趣。他只是想要找一本書而已。

如果利用圖書館的話事情就好辦多了，但是與自己同行的壯漢幾乎可以稱之為會走路的活躍性低氣壓，帶他去一個規定要保持肅靜的空間實在太冒險了。再說Rider身上還有召喚第一天就破壞圖書館大門的前科，雖然他們應該還沒被識破，但是韋伯也不想主動二度造訪犯罪現場。

既然這樣就只能去書店了——但是本地的書店當然只有賣當地語言的書籍，如果想要購買比較好的英文書就只能尋找相當規模的大型書店，想當然耳，最後就只能上鬧區去找了。

仔細一想，這還是自己第一次大白天到冬木市的新都區來。這也是當然的，因為之前也沒有什麼特別要事需要白天到這裡。近來夜晚的街道已經被難以掩飾的強烈妖氣所籠罩，但是在晴朗陽光照耀之下的白晝市區和夜晚截然不同，絲毫沒有一點怪異的感覺，依然保有日常的閒散氣氛。

「不過今天倒是吹起什麼風啦？」

「沒什麼。單純只是想要散散心而已。」

韋伯繃著一張臉，回答Rider隨口問的問題。雖然他的心情沒有什麼不痛快，但是用不著Rider說，他也知道散心這種無意義的行為完全不符合自己的做事方針。

事實上他只是想……就算只有一時半刻也好，他想要把聖杯戰爭的事情暫時拋在腦後。

在韋伯的心中，他參加這場戰爭的意義正在逐漸產生變化。雖然只是些微的變質，但是一旦深入思考，就會無止盡地占據整個意識，壓得他幾乎喘不過氣來。

「──有什麼關係，你想這麼多做什麼。再說你從前天開始不就一直吵著要去人多熱鬧的地方嗎？」

「嗯，在異鄉的市場四處閒逛的樂趣可一點都不輸給戰爭的刺激感啊。」

「……那些因為這種理由被捲入戰火的國家還真是可憐哪。」

韋伯冷淡的低語似乎讓 Rider 想到什麼，他帶著有些訝異的表情質疑道：

「小子，怎麼你的口氣聽起來好像你親眼看見過似的？」

「沒什麼啦，這是我自己的事。」

與從靈交換過契約的召主在很偶然的情況下會以作夢的方式窺見英靈的記憶，且不論 Rider 知不知道這件事，韋伯已經不想再談起今天早上的夢境。沒有人喜歡自己的記憶被窺看，而且韋伯本人也不是想看才看到的。

韋伯終於在站前的商店街找到中意的書店，附近也有很多 Rider 應該很有興趣的店家。如果是這種熱鬧的地方，就算征服王在韋伯辦完事情之前無所事事，應該也不必擔心他會惹出什麼麻煩。

「那我暫時在這間書店逛逛。」

「嗯。」

「總之，你想要做什麼都無所謂，但是千萬不可以離開這條拱廊商店街，就算大白天也不能掉以輕心。萬一我遭到攻擊，你也會馬上完蛋。」

「嗯，嗯。」

不曉得 Rider 有沒有聽進去，他那雙銅鈴般的眼睛精光閃耀，已經開始把附近的酒店、玩具店、電玩店還有關西燒餅店全都仔仔細細地掃過一遍。

「……不准征服喔，不准掠奪喔。」

「嗄!?」

「你嗄什麼嗄啦！真是的！」

韋伯差點沒有在眾目睽睽之下大聲罵出來。他好不容易忍住，把皮夾塞到征服王粗厚的手掌中。

「不可以順手牽羊，也不可以吃霸王餐！如果看到什麼想要的東西就花錢買！還是說一定要我用令咒講你才聽得進去!?」

「哈哈哈，你說這什麼話。馬其頓的禮儀在過去放諸天下宮廷可都是文明人的象徵喔。」

Rider扔下一句不曉得能不能當真的誇耀話語，一手拿著錢包興奮地走進購物人潮當中。韋伯看著他的背影，心中七上八下。雖然韋伯覺得很不放心，但是別看Rider這樣，他對於異國文化的確擁有超乎想像的適應力。從他昨天晚上籠絡麥肯吉老夫婦的手段來看，就能清楚看出這一點。

要是Rider把剛才交給他的皮夾裡的錢全部花光光，他們在冬木市聖杯戰爭的資金超過一半都會泡湯，但是如果能用金錢解決那個Rider捅出的樓子，那還算便宜了。只要拿到聖杯，到時候就算沒有旅費回國也有辦法可以開路吧……大概。該死，到時候變成怎麼樣都隨他去了啦。韋伯也已經稍稍成長為能夠看得開的男人了。

至於韋伯自己——就算找到要找的書，他也沒有打算要買，直接在書店看就夠了。第一，他絕對不希望一個不小心讓Rider看見自己在看那種書，所以不可能冒險買回去。

可能是因為冬木市外來居民多的地理特性吧，西洋書籍區擺的書不光只有觀光導覽以及那些內容低俗的平裝書，麻雀雖小卻也五臟俱全。韋伯本來不抱什麼期待，沒想到沒花多少功夫就找到自己想看的書，他馬上開始用速讀瀏覽書中的內容。

只要一拿起書就容易忘了時間，這是韋伯從小到大不曾改變的習性。韋伯自信自己熟讀而且理解課本內容的能力不輸任何人。但是這種才能在時鐘塔也只會被當成方便調查資料的見習書籍管理員，任人使喚而已。有好幾次當他看見那些平白無故寫得艱澀難解的術理解說時，他都覺得很懊惱，要是自己來寫的話一定可以改寫得更加簡單易懂。

但是隨著他不斷翻動書頁，這些難堪的回憶也逐漸被驅逐到他的意識之外。因為現在韋伯手上拿的書籍內容占據了他的內心，讓他的心思馳騁於遙遠的彼方。

韋伯默默地不發一語，就這麼不知道看了多久的書。

忽然他感覺到有一股質量大到超乎尋常的雙足移動物體正在接近，趕緊裝出若無其事的表情把書放回原處。回頭一看的時候，正好與探出頭查看西洋書賣場的 Rider 四目相對。

「喔，找到你了。你的個子這麼小不隆咚的，站在書架之間根本看不到，找起來真是累人。」

「一般人本來就比書架矮啦，笨蛋——結果你買了什麼東西？」

Rider 的一隻手上果然拎著一個大得讓人很不放心的紙袋，但是他好像巴不得想找個人炫耀一番似地，當場就把紙袋裡的東西拿出來晃晃。

「你看！『Admirable 大戰略Ⅳ』竟然就在今天開始發售，這是初回限定版喔！哼哈哈，朕的LUC（幸運值）可不是蓋的！」

沒想到他竟然去買這種幼稚又愚蠢的東西，韋伯都覺得有點偏頭痛了。

「我說你啊，這種東西就算只買軟體也是——」

話說到一半，韋伯發覺這個大到不像只裝著遊戲軟體的紙袋依然還是鼓鼓的。他知道征服王已經細心地連主機都買下來，再也不說話了。

「小子，回去之後就來玩對戰遊戲吧！手把也買了兩支喔！」

「我對這種下賤又低俗的遊戲可是一點興趣都沒有。」

聽見韋伯嗤之以鼻，這麼冷冷地說道，Rider 看起來有點哀傷，鬱悶地皺起眉頭深深嘆口氣。

「啊~真是的。為什麼你老是喜歡把自己的世界搞得這麼狹隘……難道你完全不會想去找點什麼樂趣嗎？」

「你很煩耶！與其分心對其他多餘的東西產生興趣，還不如專心一意追求真理，這樣才是魔術師！我身上沒有一點多餘的腦細胞可以消耗在電視遊樂器上面！」

「——這麼愛讀書的你就是對這本書有興趣嗎？」

Rider 輕而易舉就猜中剛才韋伯放回書架的書，拿了出來。這一手奇襲實在是太出乎意料之外，韋伯慌張地不禁發出怪叫聲。

「オオオ不是呢！你、你怎麼知道!?」

「放在書架上的書只有這一本上下顛倒，任誰都看得出來——『ALEXANDER THE GREAT』……喂，這不就是朕的傳記嗎？」

說起丟臉的程度，韋伯敢說即使是以前論文被講師肯尼斯嘲笑的時候，自己的臉都沒有像現在這麼紅過。

「你還真是奇怪，何必去依靠這種真偽難辨的紀錄。本人就在你面前，想要問什麼直接問不就好了嗎？」

「好啦，我問！要問就問！」

韋伯堵著一口氣不讓眼淚掉下來，把書本從 Rider 手中搶過來，翻到自己想問的那一頁，推到 Rider 眼前。

「在歷史上你可是一個超級矮冬瓜！為什麼會是以這麼高大的身軀現世!?」

「朕的個子很矮？這又是為什麼？」

「你看這裡！當你攻陷波斯宮殿，坐上大流士王的寶座時的紀錄。書上寫著你因為腳踩不到地，還找桌子當作踏板！」

「啊啊，大流士啊！那就難怪了。和那位男子漢大丈夫相比的話還真是沒得比。」

一聽見這個名字，征服王馬上兩手一拍哈哈大笑起來，然後用一種滄桑的眼神望著半空中，彷彿在遙想一位懷念的老朋友。

「——那位帝王啊，他不只器量大，就連身材也相當高大。像他這號大人物統治強大的波斯帝國真是再適合不過了。」

Rider意味深長地說道。韋伯總覺得他的視線好像在仰望一個身高將近三公尺的大巨人，感到背脊一陣發冷，趕緊打斷腦海中的想像。

「我不能接受……不曉得為什麼我非常不能接受！」

「如果要說不能接受的話，亞瑟王還是個女人，女人喔！這比朕體格高矮的傳說還更糟糕。」

總之重點是這種不曉得是哪裡的什麼人寫的歷史沒有必要把它當真，看成寶一樣。」

本以為Rider會覺得受辱而大發脾氣，沒想到他卻好像完全事不關己似地一笑置之。韋伯仔細地打量著他。

「你一點都不在乎嗎——這可是你自己的歷史啊。」

「嗯？這沒什麼好在意的……很奇怪嗎？」

「當然奇怪。」

韋伯繼續追問下去。不知為什麼，他甚至沒有發覺自己已經動起肝火了。

「不管在任何時代，掌權者不都是千方百計想要讓自己的名字流傳後世嗎？如果受到奇怪的誤解，一般來說應該都會很生氣吧。」

「哼，因為留名青史也算是一種不死性嘛，但是在朕看來一點意思都沒有。與其像這樣只有名字在書中流傳兩千年，就算只有百分之一也好，朕還比較希望在世的壽命更長一點哪。」

「……」

韋伯終究不明白 Rider 一邊苦笑一邊說出的這番話，究竟是開玩笑還是認真的——但是對於剛剛還在閱讀征服王歷史的韋伯來說，這句話聽起來格外沉重，讓人一時不曉得該怎麼回應。

雖然亞歷山大大帝成就了創造出史上最大帝國的霸業，但是他卻無緣享受這份榮耀，年僅三十多歲就結束了他的一生。

韋伯無法想像這究竟是一件多麼讓人憾恨的事情。但是一旦聽見本人怨嘆自己短命，就算他說話的語氣再輕佻，對聽者來說總是有一種難以言喻的深遠意義。

「啊啊~要是朕再多活個十年的話，就可以遠征西方了。」

「……向聖杯許願的話，乾脆順便叫聖杯連不老不死的願望都一起實現了吧？」

看征服王還說得這麼輕描淡寫，韋伯再也無法沉默下去，開口隨便應了一句。

「不死嗎？那也不錯呢。如果不會死的話，就可以盡情征服到宇宙的盡頭了。」

Rider 得意洋洋地笑道。這時他好像想起什麼事情，表情突然垮了下來。

「……這麼一說，竟然有人把曾經到手的不老不死白白放棄掉。哼，那傢伙果然讓人不爽。」

韋伯不曉得 Rider 說的究竟是什麼事，再說他根本沒有去注意 Rider 的自言自語。現在的他因為重新體會到昨晚的聖杯問答中，Rider 透露的願望背後的真正意義，讓他無心再去理會其他事物。

兩人在黃昏下急忙踏上歸途的時候，韋伯仍然始終默不作聲。

再過不久這座城市就會沉入黑夜中，再度成為爭奪聖杯的戰場。韋伯也必須以一名召主的身分帶著自己的從靈參與戰鬥。

他不覺得有什麼可怕，甚至沒有一點不安。

韋伯明白也確信自己的從靈毫無疑問絕對是最強的——這是因為昨晚他終於親眼看到 Rider 真正的寶具。

直到現在，他還能清楚回想起那陣吹動熱砂的焦風氣味。

那群光輝閃耀的龐大騎兵軍團深深烙印在他的腦海當中。

偉大大帝在軍團陣頭前昂然而立，雄糾糾、氣昂昂地質問何謂真正王道的威容。

『王之軍勢』（Ionian Hetairoi）——

擁有這種異常強大寶具的英靈怎麼可能打輸，伊斯坎達爾一定可以擊退所有敵人，獲得勝利吧。

這或許的確是征服王伊斯坎達爾的勝利——但算得上是韋伯・費爾維特的勝利嗎？沒錯，他並沒有忘記。自己拋棄一切投身於聖杯戰爭，就是為了用行動給那些至今一直瞧不起他、羞辱他無能的紈褲子弟一點顏色瞧瞧。以一名魔術師的身分獲得勝利，證明自己的實力，這就是韋伯的第一要務。

但是在冬木等著他的卻是一場場將他的存在置之度外的戰鬥……一名不顧召主的行動方針，以強悍無比的武力任意獲得勝利的從靈。

接下來Rider一定也會繼續輕鬆取勝，一切好像都是理所當然的。然而另一方面，韋伯大概只能繼續害怕地躲在從靈背後，到最後一事無成，就這樣看著戰爭落幕吧。

韋伯只是一個運氣絕佳的懦夫，抽到一張自己根本配不上的最強卡片才能取得聖杯。在光榮勝利的Rider背影之下，他終究只是一個到最後仍然受人冷嘲熱諷的丑角而已。

假設Rider真的有可能落敗——頂多也只是因為被無能的召主扯後腿的關係吧。

就在心中感到無比頹喪的同時，他再次深深體會到一件事。

就算這場戰爭結束了……自己還是不會有任何改變。

在這位過於強大的英靈身邊，徹底體會到自己多麼渺小、多麼不堪。這種屈辱感比在時鐘塔懷才不遇的焦躁更讓韋伯的自尊心受到打擊。

「——怎麼擺出一副悶葫蘆的樣子啊？嗯？」

溫和而舒緩的粗重聲音從幾乎是正上方的高度傳下來。一如往常只要抬頭一看，眼前就會看到一張笑臉，那張笑容天真地讓人覺得奇怪。究竟什麼事情這麼有趣。

特別是抬頭仰望的角度讓韋伯覺得很不愉快。

被 Rider 低頭俯瞰的角度讓他感到無與倫比的悔恨。

『……我——最討厭你了！』

韋伯用他最後一點矜持忍住不讓這句話衝口而出。他撇過頭去，用一句比較委婉的諷刺話語代替。

「沒什麼，我只是覺得你這個人很無趣罷了。」

「什麼嘛，你就是覺得很無聊不是嗎？既然這樣就不要再硬撐了，來玩這款遊——」

「才不是！」

兩人之間的溝通還是一樣不著重點，韋伯終於忍不住發起脾氣來。

「就算讓像你這樣百分之百會贏的從靈拿到聖杯……我也沒什麼值得驕傲！還不如和 Assassin 訂立契約，打起來還比較有價值！」

Rider 慢吞吞地哼了一聲，搔搔臉頰。

「這實在有點太亂來了。搞不好你現在已經翹掉了喔，小子。」

「我不在乎！如果是為了自己的戰鬥而死，死也無憾！我就是抱持這樣的想法來參加聖杯戰爭的！

結果現在——搞什麼嘛！怎麼不知不覺變成你才是主角！總是在我下命令之前隨便行動！那我的立場該怎麼辦？我到底是為了什麼才來日本的!?」

「就算你對朕抱怨這些事情……」

Rider 的神情和氣急敗壞的韋伯相反，始終一副好像什麼都沒在想的悠哉模樣。韋伯完全是一拳打在一團棉花上。

「如果你對聖杯許的願望偉大到足以吸引朕的話，征服王當然不會吝於聽從你的指揮——不過想要讓身高拉長的宿願再怎麼說也實在是太那個……」

「不要隨隨便便決定別人的願望！」

「算啦，這有什麼關係。」

伊斯坎達爾把手放在愈來愈激憤的韋伯頭上，打斷他的話頭。

「小子，你何必這麼著急呢？對你來說，這場聖杯戰爭又不是你人生當中最重要的表現舞台，不是嗎？」

「你說什麼……！」

如果這場大儀式不是這一輩子最大的勝負賭注，那又是什麼——如果韋伯這麼回答的話，他一定會愈來愈落於下風吧。畢竟對征服王來說，聖杯只不過是他獲得肉體的手段而已，因為在那之後的征服世界才是他真正的目的。

「等你哪一天找到了真正覺得寶貴的生命意義，到時候就算你再不情願，你也必須為了自己而戰。到那時候再來尋找你自己的戰場也還不遲。」

「……」

對於這名為許願機的奇蹟，所期望的卻只是一具人類的肉體——竟然有這麼愚蠢又荒唐的交易，讓韋伯覺得荒謬至極。他原本認為把這種事情當成「抱負」到處吹噓的Rider簡直是傻到沒藥醫了。

但是——如果是一個把聖杯與自我放在天秤的兩端，認為自我更有價值的人，他會許這種願望也就一點都不奇怪了。

再說，像他這樣如此以自身為傲的狂妄角色又是何許人物？

韋伯非常在乎這個問題，甚至還特地從史書記載中尋找答案。但是即使他看過書中列舉的種種豐功偉業，也只是重新有了更深刻的體會罷了。

這個男人就是這麼偉大、剛強，擁有旁人難以望其項背的器量——讓那些英勇燦爛的精銳戰士們這麼景仰、這麼崇拜他，甚至死後還依然對他效忠。

到頭來韋伯還是不得不承認。嘲笑征服王的願望無聊的人，就是那些根本無法與征服王相提並論，在無趣的臭皮囊裡過著無趣人生的人們。

「……對這段契約感到不滿的，應該不是只有我吧。」

在沉默中深刻體會這種屈辱感之後，韋伯壓低了聲音這麼問道。

「嗯？」

「你應該也很不滿吧！竟然是我這種人當你的召主！其實你如果是和其他召主締結契約的話，一定早就輕輕鬆鬆打贏了吧！」

韋伯嘶啞著聲音大聲問道。但是 Rider 好像完全不了解他心中在想什麼，一副老神在在的模樣。

「嗯，也對啦。」

說著，他仰起頭來。

「的確，如果你的體格再好一點的話，我們說不定看起來會比現在更搭配一點。」

征服王就好像是說了一個稀鬆平常的玩笑話一樣，一笑置之。但是以韋伯的角度來看，這同時也是一種極端的嘲弄行為。身材矮小的召主更加惱怒，氣得咬牙切齒。

這時候Rider打開那本他隨時帶在身上的地圖冊，指著第一張大跨頁圖面。

「小子，你看看，這就是朕正在挑戰的敵人。」

「……」

那是一個印在一張A2面積大小的紙張，以顏色區分的全世界。這個意思是說Rider把整個世界都看成他終將面對的「敵人」嗎？

「你試著把我們的模樣畫在這裡印著的『敵人』旁邊，就像朕和你兩人站在一起比較一樣畫出來。」

Rider不知所謂的話語讓韋伯覺得莫名其妙。

「這種事根本──」

「不可能，對吧？用再細的筆都不行，就算用針頭畫都嫌太粗，根本畫不出來──在我們未來要挑戰的敵人面前，你和朕一樣都只是一個極為渺小的點點而已。」

所以根本沒有什麼搭不搭配的問題。巨漢從靈豪邁地笑著說道。

「比起朕要征服的夢想，此身比罌粟粒還要小。你和朕都一樣無力又渺小，小得無與倫比。如此微不足道的兩個人彼此比較身高又有什麼意義呢？」

「……」

「正因為如此，才讓朕覺得熱血沸騰。」

Rider露出猛悍的笑容，傲然說道。

「無力又渺小，那好得很哪。以這副比罌粟粒還微小的身軀懷抱偉大的願望，總有一天要凌駕於這個世界之上。這種心中的興奮……這才是征服之王的心跳鼓動。」

韋伯完全抬不起頭來。

這根本不是在安慰他，到頭來他還是等於被嘲笑了一頓。

深深盤據在他心中的昏暗怨恨、煩悶都只是不足一哂的瑣碎雜事罷了。征服王的眼裡完全不會去理會這種雞毛蒜皮的煩惱。

「……反正你就是想說召主根本不重要就對了。就算我再弱小，對你來說完全不算什麼問題。」

「你怎麼會這麼想呢，喂。」

Rider微微皺眉，苦笑著拍打韋伯的背部。

「小子，你這種自卑感正是霸道的徵兆喔？

你雖然嘴上碎碎唸個沒完，結果還是很明白自己有多弱小。就算了解自己很無力，仍然拚了命想要完成超出自己能力之外的崇高目標。雖然你的想法有很多問題啦，不過『霸道』的嫩芽確實已經在你的心中扎下了根。」

「……你這樣是在把別人當傻瓜看，根本不是在誇獎人。」

「就是這樣。小子，你就是個不折不扣的笨蛋。」

Rider 一點都不認為自己說錯話，笑著斷言道：

「如果朕是和一個只懷著自己能力所及之夢想的聰明召主交換契約的話，朕一定會覺得很無趣吧。但是你的欲望朝向自身之外，這叫做『外顯美德（the philotimo）』，在朕生活的世界裡，這就是人生為人處事的基本原則。

——所以小子，朕真的覺得很高興能和你這個傻瓜締結契約。」

「……」

韋伯無法正視 Rider 爽朗的笑容，把頭撇開。

為什麼這個彪形大漢總是在這種沒什麼好高興的事情上把自己捧得這麼高？

世界上哪有被人稱呼為傻瓜還會覺得高興的傻瓜。

韋伯心中抱著不知該如何是好的感慨，不曉得自己到底該用什麼表情去面對 Rider，真想乾脆挖個洞鑽進去算了——隨後他突然感到一陣異樣的寒氣。

「嗚……!?」

原本應該完全沉寂的魔術迴路，彷彿痙攣似地開始陣陣刺痛。

原因當然不在韋伯身上。因為周圍空氣中的魔力產生異常混亂，導致與空氣中魔力同步的魔術迴路也跟著不規律脈動。

抬頭一看，Rider 同樣也繃著一張臉，銳利的眼神注視著西方。從靈的感應力就連這道異常魔力發生的源頭都能清楚感受到嗎？

「……是在河川方向吧。」

這聲低沉的喃喃自語已經是即將上戰場的戰士的語調了。韋伯聽見這句話，明白今天晚上的戰火已經點燃。

聖杯戰爭還在進行——根本沒有時間讓他沉浸在內心的糾葛當中。

# ACT.10

# -84:34:58

感覺到異樣魔力氣息的人並不是只有韋伯而已。

由未遠川附近散發的咒術波動是儀禮咒法等級的多重節詠唱，而且這段詠唱還動用了相當於幾十人份的魔力。因此想當然耳，在冬木市裡的每一位魔術師——也就是所有參加聖杯戰爭的魔術師都立刻感覺到了。

Lancer 以及剛剛獲得召主權限不久的索菈鄔・納薩雷・蘇菲亞利為了在新都搜索敵人，此時正好在視野最遼闊的制高點，也就是正在興建中的冬木中央大廈上。今晚未遠川上湧起的霧氣濃得有些異常，使得中央大廈往西方向的視野能見度變得非常低。以人類的視力頂多只能勉強看見打著燈光的冬木大橋的朦朧影子而已。

「——你看得見發生什麼事了嗎？Lancer？」

運用從靈的超級視力看透濃霧的 Lancer 點頭回答索菈鄔的問題。

「果然是 Caster 沒錯。他在河川當中設下陣法，好像在做什麼事，不過詳細的狀況看不太清楚。」

一位魔術師行事不應該這麼毫無防備，看來 Caster 的腦袋還是和之前一樣，根本就沒有隱匿的觀念。難道他甚至不知道在監督者的安排之下，自己已經成為所有從靈狙殺的目標了嗎？

「如果要殺他的話，現在應該就是絕佳的機會吧？」

「正是。不管他現在在做什麼，我認為最好在他達成目標之前送他上路。」

當然還不只如此——索菈鄔低頭看著刻印在自己手背上那道從未婚夫肯尼斯・亞奇波特手中搶來的令咒，一邊在心中想著——其他召主肯定也已經察覺 Caster 出現了，如果想要拿到監督者犒賞的追加令咒，必須要早一步搶在其他競爭者之前先把 Caster 解決掉。

等到順利摘下 Caster 腦袋的時候，因為肯尼斯的愚蠢而欠缺一道的令咒就能再次恢復原本三道的模樣——光是想到自己與英靈迪爾穆德之間的羈絆可以回復到最完美的狀態，索菈鄔幾乎按捺不住胸口熱切的鼓動。

「我去討伐他，索菈鄔小姐就請留在這裡，好好看著我建功立業。」

「這怎麼行！現在我也是召主，我要在你身邊支援。」

Lancer 搖頭，毅然拒絕那雙渴求的眼神。

「不行。恕我無禮，妳和肯尼斯先生不同，不擅武道。那片河岸不久之後將會成為一片死地，就算是我，要一邊保護無法自衛的妳一邊戰鬥也是非常困難的事。還請妳體諒。」

「可是……」

話雖如此，但是對現在的索菈鄔來說，就算只是與 Lancer 分開一時半刻都是一件比寂寞不安更加難熬的苦痛。

「還是說——索菈鄔小姐同樣也懷疑我迪爾穆德的槍下不義，肆意沉溺於戰鬥當中嗎？」

Lancer 瞇起眼睛問道。索菈鄔趕緊搖頭否認，她絕對不能重蹈肯尼斯先前羞辱 Lancer 的覆轍。Lancer 現在還是效忠於肯尼斯，索菈鄔必須要讓 Lancer 了解自己才是他真正值得奉獻忠心的召主。

「Lancer，現場的一切就由你判斷處理，盡情痛快地打一場吧。」

「感激不盡。」

Lancer 靜靜低下頭之後，在腳下的鋼鐵地面上一踏，縱身跳進視線下的燈火群當中。

索菈鄔帶著哀傷而悲切的心情目送從靈的背影在屋頂上反覆騰躍，就這樣朝著河川一路飛奔而去。

自從她代替肯尼斯成為召主之後，這位英靈尚未對她展露過笑容……連一次都沒有。

Saber 駕駛的 Mercedes 只花了幾分鐘，就從切嗣準備的新據點趕到發生異常魔力的源頭未遠川。

深山町的巷弄很古舊，道路不但狹窄而且交錯複雜，一般來說至少要花上半個小時以上的時間。但是從靈的騎乘技能卻完全推翻這種常理，成就奇蹟。Saber 以距離撞車只有分毫之差的技術轉動方向盤，銀白色的車體滑過窄路的轉角。異常的速度不禁讓人懷疑物理法則的束縛是否真的存在。

Mercedes 從小巷衝到河畔的馬路上，最後漂亮地使出一個急轉彎後停了下來。Saber 不等鷗翼式車門完全打開就跳出車外，跑上堤防。雖然這片濃霧讓一般人什麼都看不到，但卻不影響從靈的視線。

就如料想的一般，敵人就在視線的正前方，悠悠哉哉地佇立在距離 Saber 兩百公尺遠的河川正中央。愛莉斯菲爾隨後從副駕駛座下車，跟著登上堤防。她也利用魔力強化的視覺看見濃霧中的人影，不悅地皺起秀眉。

「果然是 Caster。」

Saber 點頭，謹慎觀察敵方從靈的一舉一動。Caster 身邊還是沒有召主相伴，他挺立於沒有沙洲的河川中心，彷彿站在水面上一樣。仔細一看，他腳下踩著一群聚集在水面下的噁心異形黑影。前幾天曾經在森林中與 Saber 交戰的怪魔群現在似乎群聚在一起，在 Caster 的腳下形成一片淺灘。

從那股極不尋常的魔力放射來看，可以肯定 Caster 正在施展某種大規模的魔術，這陣源自於河川的怪霧恐怕也是魔力餘波所引起的吧。Caster 這個始作俑者看起來不但沒有開口詠唱咒語，甚至根本不專心，只是一派輕鬆地站在那兒而已——但是足以扭曲四周空間的狂猛魔力渦流卻從他手中的魔導書滔滔不絕地洶湧而出。

那件寶具不但是一個超級規模的魔力爐，同時還能編寫出特有的術式……這樣的寶具交到一個瘋子的手上便成為了一件再危險不過的凶器。

「歡迎大駕光臨，聖處女。能再次看到您真是我無上的光榮。」

Caster 一如往常殷勤行禮的模樣讓 Saber 的眼神燃起怒火。

「執迷不悟……惡徒，今天晚上你又想幹什麼好事？」

「非常抱歉，貞德……今晚宴會的主客並不是您。」

Caster 回答道。令人毛骨悚然的邪惡笑容讓他的表情扭曲，顯露出前所未見的狂態。

「——但是如果您也能出席的話，對我來說當然是至高無上的喜悅。請您盡情享受在下吉爾・德・雷所舉辦的死亡與頹廢之饗宴。」

Caster放聲大笑，腳邊的黑暗水面忽然開始翻湧。聚集在召喚師腳下的無數怪魔緩緩一起伸出觸手——讓人意外的是，觸手竟然將站在自己頭頂上的Caster長袍身形逐漸吞沒進去。

乍看之下，眼前的景象好像是使魔反叛主人，使得Caster遭遇攻擊。但是Caster全身被觸手團團包住，激昂的狂笑聲卻更加高亢，志得意滿地發出幾乎已經是噪音的尖銳怪笑聲。

「現在讓我們再次舉起救世的旗幟！被捨棄的人們聚集過來吧，受貶抑的人們聚集過來吧。由我來率領你們！由我來統治你們！我們這群受到欺凌的人心中的怨恨一定會上達天聽！喔喔，天上的主啊！我將以問罪的方式讚美您！」

泡沫翻湧的水面膨脹起來，把逐漸被觸手吞噬的Caster向上推。他腳下的怪魔群不知何時變得愈來愈多。考慮到這條河有多深，光是想像牠們的數量就讓人覺得可怕。

「Caster……被吸收了!?」

在驚駭的Saber面前，以召喚師的身軀為中心而群聚在一起的怪魔數量還在不斷增加。『螺湮城教本』的召喚當真是無窮無盡。數以千萬計的觸手互相纏繞融合，已經逐漸形成一大團肉塊。

那簡直就是沾滿了令人作嘔的汙穢黏液的血肉沙洲，一座肉島。但是怪魔的集合體似乎仍不滿足，還在不斷膨脹變大。

唯有已經看不見人影的Caster的聲音如同高唱勝利凱歌一般，響徹四周。

「我們要把那個傲慢的『神』，那個冷酷的『神』從寶座上拖下來！此刻我們將盡情踐踏上帝所寵愛的羔羊們；凌辱、撕裂那些長相神似上帝的人類！讓我們這些叛徒的哄笑聲伴隨著神之子的嘆息與悲鳴敲響天界的大門吧！」

穢肉聚集物的體積已經膨脹成球體。不，說不定這才是異界魔性的真正本體。Caster至今所操弄的眾多使魔都只不過是這物體的碎片雜塊而已。

「那是……」

異形暗影以黑夜為背景，聳然矗立。牠那恐怖又帶有強大震撼力的外型讓Saber為之屏息。

恐怕就連稱霸深海的霸者藍鯨或是大王烏賊都沒有這麼巨大的身軀吧。這隻水棲巨獸正是支配異界海域的惡夢，名副其實的『海魔』。

幸好現在愛莉斯菲爾與Saber所在的堤防上沒有人，但是對面河岸的住宅家家戶戶都已經打開燈光。雖然已經是夜晚，混亂的叫喊聲卻夾帶在風中傳了過來。目睹如此驚人的怪異景象，也難怪眾人驚訝。好在因為這片濃濃的夜霧遮住了視線，所以只有一小部分的區域能看見怪物，居民的混亂狀況也只限定在小範圍，並未擴大。

話雖如此，這樣一來聖杯戰爭必須在檯面下暗暗進行的默契已經被完全打破了。

「我太低估他了……沒想到他竟然把這種可怕的怪獸都召喚出來！」

「不對。就算是從靈，能夠召喚驅策的使魔在『層級』上應該也是有限度的——但是如果不考慮如何『驅策』的話，就不用受這項條件的限制。」

饒是愛莉斯菲爾一向堅毅又勇敢，這次連她說話的聲音中也流露出難以掩飾的恐懼。

「如果不管召喚後要如何駕馭，單單只是把牠『叫過來』而已的話……就算是再強大的魔獸，理論上都是可以召喚的。因為他只需要足夠的魔力與術式把『門』撐開就可以了。」

「……妳的意思是說那頭怪獸不受Caster的控制嗎？」

「這麼想應該沒錯。」

愛莉斯菲爾所受到的震撼是來自於只有魔術師才能理解的恐懼感，但Saber同樣也能了解事態的嚴重性。

「所謂的魔術，意思就是『操魔之術』。但是『那東西』不是運用這種小聰明的理論就能解釋的。牠是把永無止盡貪噬吞嚥的概念直接轉化成實體所形成的東西，是不折不扣的真正『魔性』。把那種東西叫來的行為根本已經不能算是『魔術』了啊！」

憤怒讓Saber緊緊握住拳頭，她思索著那名魔術師的瘋狂。

「這麼說來，那頭怪獸不是為了和誰作戰……」

「對，牠只是被招待來**用餐**而已。像這樣一個城市，花不到幾個小時就會被牠全部吃光。」

「——!!」

在Caster心裡，就連何謂戰鬥、何謂勝利的認知都已經喪失了。那個狂亂的從靈打算破壞這名為聖杯戰爭的儀式，連帶把這座城市所有生命都歸於虛無吧。

Saber聽見熟悉的轟雷鳴動，轉頭一看。一輛閃閃發亮的神威戰車此時正好降落在兩人所在的公園廣場上。手中握著韁繩的巨漢從靈對先來的客人投以狂傲不羈的笑容。

「喔，騎士王。今晚真是一個美好的夜晚——本來想這麼說的，不過現在似乎不是禮尚往來打招呼的時候啊。」

「征服王……你也同樣惡性不改，又跑來胡言亂語嗎？」

看見Saber擺出警戒的架勢，Rider從容不迫地舉起手。

「別氣別氣，今天晚上就暫時休戰吧。把那個大傢伙放在那裡不管的話，就連想要好好打一場都不行了。

朕剛才已經到處勸說其他人，Lancer 已經承諾幫忙，應該一會兒就會過來了。」

「……其他從靈呢？」

「Assassin 已經被朕宰掉啦，Berserker 根本連提都不用提。至於 Archer 嘛——叫了也是白叫吧，像他那種個性的人不會和其他人合作的。」

Saber 頷首，帶著嚴肅的表情把籠手放在胸甲上。

「我明白了，我也願意一起並肩作戰。征服王，雖然只是一時的盟友，讓我們互許忠義吧。」

「哼哼，說到戰爭妳倒是挺明理的……嗯嗯？怎麼，各位召主們有什麼不滿嗎？」

「……」

愛莉斯菲爾當然不是有什麼不滿，只是看到 Saber 與 Rider 三言兩語就把過去的不愉快撇到一邊，這種簡單明快的處理方式讓她覺得有些不是滋味兒。至於韋伯則還留在 Rider 的戰車駕駛台上，毫不掩飾自己露骨的警戒心，只露出一個腦袋瓜子，完全沒有要下來的意思。

對於生活在戰場上的人來說，奪取敵人性命與締結同盟這兩件事一樣，都是不容許參雜個人私情的冷靜判斷吧。唯有這一點精神性是只有同樣生在亂世的人才能了解的。

話說回來，現在最重要的是無論如何必須阻止 Caster 的暴行。如果 Rider 的誓言能夠相信的話，此時此刻眾人通力合作的確是最聰明的判斷。

「不要緊，艾因茲柏恩承諾休戰。Rider 之主，你同意嗎？」

聽見愛莉斯菲爾的呼喚，韋伯一臉心不甘情不願地點點頭。

「……艾因茲柏恩，你們有什麼策略嗎？剛才聽 Lancer 說，這不是你們第一次與 Caster 本人作戰吧？」

對 Saber 來說，這場戰鬥也算是之前在己方陣營的森林攻防戰的雪恥之役。上次在 Lancer 的幫助之下好不容易才擊退的 Caster，現在得到更加龐大的戰力反撲而來。但是這次我方不只有 Lancer，還與 Rider 結為同盟，戰況絕對還不算悲觀。

「──總之只能速戰速決了。那頭怪物目前還是依靠 Caster 供給的魔力留在現界，等到牠開始獵取糧食自給自足的時候就無人能敵了。必須在那之前阻止 Caster 才行。」

Saber 點頭會意。

「就是他的那本魔導書吧。」

自律型召喚魔力爐『螺湮城教本』──那件不凡的寶具現在連同 Caster 的身體一

起成為了海魔的心臟。

「原來如此啊，也就是說必須在牠上岸開始**用餐**之前分出個勝負。可是——」

Rider 厭惡地皺起眉頭，眺望著那具不斷扭曲蠕動的暗綠色巨大身軀。

「Caster 藏在那團厚厚的肉塊深處。該怎麼辦呢？」

「把他拖出來。除此之外也別無他法了。」

一抹新的聲音從 Rider 身後的暗處回答他的牢騷。手持雙槍的俊俏身影走進街燈的燈光之下。在飛天戰車出現之後沒多久，Lancer 也登上戰場，對抗 Caster 同盟的三大從靈終於到齊了。

「只要能夠讓他的寶具露出來，我的『破魔紅薔薇』一擊就可以破壞術式……不過我不認為那傢伙會這麼容易讓我得手第二次。」

「Lancer，你的長槍投射可以從岸邊射中 Caster 的寶具嗎？」

Saber 的疑問讓 Lancer 露出冷傲的微笑。

「只要看得見目標，這只是小意思。妳可別小看長槍之英靈啊。」

「好。那麼就由我和 Rider 打前鋒。可以嗎？征服王？」

「無所謂……朕的戰車不需要道路還不要緊，可是 Saber，敵人在河中心，妳想要怎麼攻擊？」

聽到Rider的疑問，這次輪到Saber展露笑容了。

「此身受到湖中仙女的加持，無論再深的水都不能阻止我的步伐。」

「哦，這種能力還真是稀有……朕愈來愈想招攬妳了。」

要是平時，Rider這種任意妄言一定會讓Saber氣得柳眉倒豎，但此時她只是瞪了Rider一眼就作罷了。

「總有一天我會要你對你的膽大妄言付出代價。現在最重要的事情是先把Caster從那頭怪獸的內臟裡拉出來。」

「哈哈，沒錯！那麼就由朕先出招啦！」

Rider發出一陣大笑，用韁繩擊打拖行戰車的公牛，發出震天雷鳴朝向虛空奔騰而去。征服王駕駛的寶具直直地朝著海魔衝過去，完全不理會似乎還沒做好心理準備的韋伯一路發出淒厲的尖叫聲。

「Saber，願妳凱旋歸來！」

騎士王點頭回應愛莉斯菲爾，接著也從岸上躍入河中。

閃亮的足甲踩踏水面，濺起點點銀星——但是腳尖卻沒有沉入水中。Saber腳踩的水面就如同大地般堅實，承受她在上面疾奔。這是唯有受到湖之精靈祝福的王者才有可能辦到的奇蹟。

隨著 Saber 漸漸接近，海魔的模樣也愈來愈龐大。那副醜惡的外貌震撼 Saber，好像就要從她的頭頂上撲下來。

撓曲扭動的觸手彷彿千萬條長蛇，往四面八方伸展開來。觸手的前端仰起，準備迎戰步步進逼的騎士王。

但是眼前的怪異與恐怖無法讓 Saber 的腳步有一絲停滯。現在 Saber 的心境完全沒有一點恐懼或是不安。

「我們做個了斷吧，Caster！」

心中重新燃起鬥志的 Saber 高舉神劍，『風王結界』的第一劍毫不留情地往海魔身上斬落。

× ×

遠方，連飛鳥都飛不到的超高空雷雲中正在進行一段經過數據暗號化的無線電對話。

『控制塔台呼叫 DIABLO I，DIABLO I，請回答。』

「這裡是 DIABLO I，通訊狀況良好。有什麼事？」

『冬木市警方要求提供災害支援。立即中止巡邏警戒任務，盡速前往。』

災害支援——耳機中傳來的名詞，不禁讓仰木一等空尉懷疑起自己的耳朵。

如果是要求直升機或是P3P反潛巡邏機支援的話倒還能理解，但究竟是什麼樣的「災害」必須要召回正在領海巡邏的F15戰鬥機。

「控制塔台，請說明指令內容。到底是發生什麼事了？」

無線電的另一頭陷入一陣尷尬的沉默中。

『……呃，你聽好了，千萬不准笑。對方說……有怪獸出現了。』

坐在亞音速航行的駕駛座上聽起來，這簡直是世界上最棒的笑話了，要仰木一尉不要笑根本是不可能的。

「這真是太了不得了，也不枉我加入空中自衛隊。」

『總之這是正式要求。DIABLO I，立刻前往未遠川河口觀察狀況並且回報。』

「……喂，你在開玩笑吧。」

『DIABLO I，複述命令！』

管制員不耐的語氣道出他的立場同樣也是被迫不得不處理這種讓人莫名其妙的惡作劇。仰木一尉嘆了一口氣，以平板的語調重複制式的指令複述。

「DIABLO I收到。本機立刻前往偵查未遠川河口的狀況，通訊完畢。」

就算複述了任務，剛才那段通信內容還是讓仰木一尉有些懷疑。一想到這種笑死人的愚蠢對話將會被記錄在語音記錄器裡，他就覺得渾身不對勁。

「……DIABLO Ⅱ，你也聽見了。改變方向，我們要回去了。」

『收到。可是……有沒有搞錯啊？』

僚機DIABLO Ⅱ的駕駛員小林三等空尉的語氣中，同樣難掩他對這種荒唐指令的訝異。

但是不管有沒有搞錯，已經複述的命令也只能奉命執行。好在目的地冬木市就在回基地的半路上，雖然不曉得誰要負起責任，至少能讓因為白跑一趟而消耗的高價油料損失降到最低限度。

『如果真的有怪獸的話，上面會不會允許我們交戰啊？』

小林三尉已經放棄追究，這番話也讓仰木一尉嗤之以鼻。

「如果這是怪獸電影的話，那我們一定就是炮灰了，在『光之巨人』出現之前讓怪獸逞逞威風的犧牲品。」

『這句話實在讓人笑不出來啊。』

不管駕駛員心裡怎麼想，F15J的後燃機依舊發出轟然巨響，在空中翻滾的銀翼雄姿還是和往常一樣英勇無比。

# -84：30：16

Archer正在遙遠的半空中俯瞰水面上幾位英靈的戰鬥。

「真是不堪入目的醜陋景象……」

英雄王置身於一艘由黃金與綠寶石所打造的閃耀「船隻」，距離地面高度五百公尺。

身為世上最初的英雄，基爾加梅修過去曾經擁有全世界所有財寶，在他的藏寶庫——『王之財寶（Gate of Babylon）』裡收藏著日後各種傳說神話故事當中傳承的寶物之原型。

現在這艘讓他在高空中移動的船隻也是其中一件「神之祕寶」。自巴比倫佚失之後，流傳到古印度，正是此後以維瑪納（Vimana）之名記載於羅摩耶那（Ramayana）與摩訶婆羅多（Mahābhārata）這兩大敘事詩之中的飛行器。

「還以為這些人雖然只是區區雜種，好歹也是小有名氣的強者……沒想到每一個人都只顧著收拾那種穢物，真是讓人感嘆哪。你不這麼認為嗎？時臣？」

Archer還有心情沉浸在感傷當中，但是被允許共乘一舟的時臣卻完全相反，他心中因為憤怒與焦急而方寸大亂。

任何魔術都應該祕而不宣——就是因為遠坂家嚴守這條大原則，魔術協會才會委任他們擔任第二管理者。Caster 的暴行不只危及聖杯戰爭的存續，甚至還會讓時臣個人的名聲徹底掃地。

如果被 Caster 解放的巨獸繼續這樣肆虐下去的話，肯定會造成前所未有的大慘劇。這已經不只是獵殺 Caster 有多少報酬，或是聖杯戰爭的今後戰況如何的問題了。賭上遠坂家的威信，在目擊者繼續增加之前必須立刻盡快消滅那頭怪物才行。

「吾王，那隻巨獸是摧殘您庭園的害蟲，懇請您高抬貴手抹殺！」

「這種事是園藝師的工作。」

但是 Archer 卻冷漠地拒絕了時臣的請求。

「還是說時臣，難道你想愚弄本王，把本王的寶具當成園藝師的鋤頭嗎？」

「豈敢！但是就如您所見——其他的人根本無能為力。」

事實上，就算旁人也看得出這場戰鬥的狀況有多麼絕望。

海魔傲然面對 Saber 與 Rider 兩人急如狂風驟雨的攻勢，巨大的身軀卻依然不見損傷。

原因當然不是因為兩位從靈的攻擊軟弱無力。削鐵如泥的神劍與帶著雷擊的鐵蹄踩踏一次一次刨削海魔的血肉，濺出如同腐液般的血沫。但是千刀萬剮的傷痕在一瞬間就被新長出來的血肉填補治癒。

從前 Caster 所召喚操縱的怪魔也具備肉體再生的能力，這倒沒什麼好驚訝。但是這次的大海魔體積實在太過龐大，兩位從靈有如試圖在泥淖中挖出深坑一般，破壞程度根本趕不上再生的速度。

就算是騎士王與征服王聯手攻擊，最多也只能勉強讓海魔往河岸堤防移動的速度減緩而已。

「這是展現真正英雄神威的大好機會。望您明察！」

英雄王非常不悅地瞇起眼睛，靠在船緣撐著臉頰的右手一擺，四柄寶劍寶槍出現在他身旁的空中。閃閃發光的初始寶具發出轟雷巨響，朝著在正下方蠕動的汙穢肉塊山直射下去。

Saber 與 Rider 立即發覺，趕緊閃身才免於遭到波及。但是 Caster 的海魔卻無法有這種靈活的動作，四柄槍劍完全命中。開山裂地的威力足足讓巨獸三分之一的身體灰飛煙滅。

這是之前從未有過的沉重打擊，但是 Caster 刺耳的狂笑聲卻依然不絕。

「怎麼可能——」

在一臉錯愕的時臣眼前，扭動的肉塊就像是吹氣球一樣膨脹起來，迅速把損壞的部分覆蓋過去。

那團巨大肉塊的身體構造應該就和阿米巴原蟲之類的原始生物一樣簡單，沒有骨骼或是內臟，因此也沒有弱點。不管身體哪個部位被何種方式破壞都不會影響行動，利用異常的再生能力瞬間就能讓破損的部位恢復原狀。

「——回去了，時臣。本王不想再看到這團穢物。」

Archer 鮮紅的眼睛流露出厭惡感，語帶輕蔑地說道。

「可是……英雄王，請等一等！」

「時臣，本王看在你的面子上放棄了四柄寶劍寶槍。既然碰觸到那種東西弄髒了，本王也不想再拿回來。千萬不要輕視了本王的寬容。」

「有能力打倒那隻怪獸的英雄除了您別無他人！」

時臣也豁出去了。事到如今，他已經無法謹守忠臣的節度。

「那隻怪獸的再生能力這麼強，只能一口氣把牠全部消滅。如果想要辦到這一點，英雄王，唯有您的『乖離劍』——」

「你這愚蠢之徒!!」

Archer 雙眸中蘊含熊熊怒火，這次終於憤怒地暴喝一聲。

「你要本王在這時候拔出至寶『ＥＡ』？搞清楚你是什麼身分，時臣！對王者大放厥詞，萬死難辭其咎！」

「……」

時臣咬緊牙關，低頭沉默不語。

這的確是不可能的事情。從基爾加梅修心高氣傲的個性看來，除了對付自己承認其『品格』的對手之外，他絕對不可能拔出這口做為最終王牌的祕藏神劍。

但是如果想要徹底消滅Caster的海魔，就只能使用這一招。這同樣也是不爭的事實。

他的意識忍不住想到右手的令咒。就算在這裡消耗一道令咒，只要能從聖堂教會那邊取得一道令咒做為打倒Caster的報酬，就能損益平衡。但是——這個選擇必定會導致他與英雄王之間的關係決裂。

既然如此，難道真的只能將一縷希望寄託在其他幾位英靈身上嗎……如果這樣的話，就算真的打倒Caster，到時候璃正神父所提出的追加令咒也會落到時臣以外的召主手上。

無以宣洩的怒意讓時臣緊緊握住拳頭，指甲深陷入手掌肉中。

事情為什麼這麼不如己意？自己做好縝密的準備，設下萬全的計策來參加這場聖杯戰爭，但為何總是發生這種料想不到的意外？

這時候突然一聲巨響劃破天際，時臣抬頭凝望天上。

那道沒有閃電光芒的雷鳴聲其實是突破音障時發出的音爆聲。果然有一對燈光以夜空為背景自南向北劃過，那是戰鬥機的識別燈。

「可惡……」

時臣身為冬木的第二管理者，卻是束手無策，只能眼睜睜看著事態一分一秒持續惡化下去。

發生在視線下方的怪異景象，讓兩位鷹式戰鬥機的駕駛員瞠目結舌、啞口無言。

「……那是……什麼玩意兒？」

仰木一等空尉絞盡腦汁，思考各種錯覺的可能性。在那些可能性當中，就連懷疑自己腦袋不正常都還算是差強人意的不錯選項。

『在六點鐘方向也有不明光源在空中漂浮。不是直升機……那是ＵＦＯ還是什麼東西？』

光是無線電傳來的聲音就可以聽出駕駛僚機的小林空尉同樣也大感驚駭。這麼一來，這果然不是只有仰木一尉自己一個人看見的幻覺。

『控制塔台呼叫 DIABLO I，報告狀況。』

「報告狀況……可是，這——」

再說，究竟要他用什麼詞彙說明眼前的情況才好？

災害？不明機體？還是侵犯領空？

怪獸——不，這種單字絕對不在考量之內。空中自衛隊裡沒有任何通信暗語代表這個意思。

想要說明的話，首先必須具備足夠的認知了解。但是此時在認知的階段裡，仰木一尉的思考能力實在無力處理。

『我降低高度，試著靠過去看一看。』

「等……小林，等一下！」

仰木一尉渾身感到一股難以形容的寒意，下意識地出聲阻止僚機。但是小林三尉的F15此時已經完成小坡度轉彎，進入到下降的動作了。

「快回來！DIABLO Ⅱ！」

「如果從更近的距離以目視確認的話，就能知道那是——」

下一秒鐘，兩架戰鬥機便再也不是旁觀者了。

目標不是高射炮或是對空飛彈等這類的既有武器，因此小林三尉也無從推測靠近到多遠的距離會進入敵人的攻擊範圍。他一定無法想像竟然有一瞬間便能伸縮超過一百公尺以上的觸手吧。

在操縱桿突然失去控制之後，他仍舊不明白自己的飛機究竟發生什麼異常。飛機彷彿在空中撞到一面無形的牆壁，強大的衝擊力道以及迴旋下墜的劇烈震動使得他只能發出淒厲的慘叫聲。

雖然死狀悽慘，但是和被迫目睹這一切的仰木一尉比起來，這種下場說不定還算比較幸福。

忽然有幾隻類似極粗繩索的觸手從河面上的肉塊表面伸出來，纏住小林三尉的機體。觸手的力道完全不把渦輪扇引擎的推進力當作一回事，將機體硬拉過去。這種景象只能說簡直就是一場噩夢。

機體就算撞上肉團也沒有發生爆炸。F15J變成扭曲的鐵塊，陷入蠕動的巨大原生物質之中，就這樣被吞噬得一乾二淨。

「小林——」

仰木一尉目擊了一切。有一種瘋狂的念頭超越思考與理解力，浮現在他的腦海裡。

啊啊……他——**被吃掉了**。

『控制塔台呼叫DIABLO I，到底發生什麼事了!?快點回報！』

「眼睛，有眼睛。渾身上下密密麻麻都是……」

不曉得為什麼，就算雙方距離很遠又隔著一層濃霧，仰木一尉的眼睛還是能看得一清二楚。他看見蠢動的肉塊中浮現出有如肉瘤般的眼球，全部一起睜開凝視著上空的獵物。

即使身處於與外界隔離的氣密性駕駛座上，仰木一尉還是感覺得到那些「視線」。沒錯，那東西非常飢餓。牠吃了小林之後食髓知味，為了捕捉下一隻獵物，一直目不轉睛地盯著這裡……

異樣的恐懼感反而成為引爆劑，激發他的狂暴怒氣。

「——DIABLO I，開始作戰行動！」

『等、等一下仰木！究竟發生——』

仰木一尉二話不說，切斷發出吵人喧囂聲的無線電，然後解除所有武器的安全裝置。四枚 AIM-7 麻雀飛彈、四枚 AIM-9 響尾蛇飛彈，還有 940 發 M61 火神炮全都準備就緒。

在被吃掉之前幹掉牠。

仰木空尉已經失去正常思考能力，嘴角歪斜，露出瘋狂的笑容。手握世界最強戰鬥機 F15 操縱桿的他才應該是真正的死神。

殺害小林的仇人……我要把你打成絞肉、燒成焦炭。

機首一翻，利用抬頭顯示器的瞄準器輕易捕捉敵人的身影，那麼大的目標不可能打不中。使用飽和攻擊，把所有武器全部轟下去——

鏘的一陣悶響，一道令人毛骨悚然的震動搖晃機體。

仰木一尉鍛鍊到極致的戰鬥本能告訴他——在正後方。他立即回頭一看，這一看終於讓他原本已經瀕臨崩潰的理性受到最致命的打擊。

在座艙罩的另一頭，忽然有一道漆黑的人影直挺挺地站在機體背面，暴露在亞音速的對流空氣中。那人的面容覆蓋在鋼盔之下，兩隻眼睛目光灼灼，好像在燃燒一般。眼神中蘊含著無盡怨恨與瘋狂，死盯著駕駛艙裡頭。

仰木一尉的慘叫聲就在這個密閉、無線電也已經切斷的鋼鐵棺材中響起，但是卻沒有任何人聽見。

「那是……」

藉由魔力強化過的視力，遠坂時臣把在遙遠高空中飛行的Ｆ15看得一清二楚。

一道漆黑的人影突然出現在機身背面，攀附在深色的鈦裝甲上……只有從靈才能辦到這種不可能的事情。從人影的外貌來看，那一定就是綺禮的報告中曾經提到過的Berserker。

圍繞著鎧甲的漆黑色彩彷彿像是墨汁滴染一樣，逐漸侵蝕戰鬥機的裝甲。

Berserker的怪異能力曾經奪走Archer的寶具，甚至還能讓鐵屑轉化成為魔槍魔劍——難道這種能力對於一切舉凡與「武器」概念有關的事物都管用嗎？黑色魔力的侵蝕能力再次展現，一轉眼就將最新科技結晶的音速銀翼改變為異樣的形貌。

「[redacted]!!」

黑騎士終於完全掌握全長將近二十公尺長的機體。他就像是傳說中的龍騎兵一樣抓著戰鬥機背部，被怨念所汙染的咆哮聲震撼夜晚的高空。

時臣已經從綺禮的忠告聽說Berserker以及其召主的第一目標是誰了。

被漆黑魔力完全吞噬的鋼鐵猛禽再度掉轉機頭，果然向著Archer在空中漂浮的光之船一直線疾衝過來。

「喔，又是那頭狂犬嗎……真有趣。」

Archer的態度與倉庫街的第一場戰鬥時截然不同，露出邪惡的扭曲笑容接受Berserker的挑戰。時臣無從得知英雄王的心境產生了什麼變化，而且也已經無心去追究了。

無論如何，時臣從以前就已經決定要親手打倒那個敵人。於私來說，對方也和他小有因緣，他不會逃避這件工作。

時臣從船緣放眼向下望去，他推測對方應該在這附近高度最高、最能就近監視時臣兩人的場所——果然就在他選定的高樓屋頂上看到他在找的人。

那個男人這次沒有躲藏起來，孤身一人站在那裡。

僵硬的左半張臉保持痛苦扭曲的模樣，看起來就像是亡者的臉龐一樣。燃燒著憎恨之火的右眼則有如地獄惡鬼一般。

男人的目光與時臣俯瞰的視線交錯，無言宣告雙方對決的時刻到來。

「吾王，由我來對付召主……」

「好，你就去陪他玩玩吧。」

光之船如同滑行般在空中移動，將時臣帶到下船位置的正上方，距離著地點的高度差大約八十公尺左右。這種高度對魔術師來說根本不算什麼。

「那麼祝您好運。」

時臣抓住禮裝手杖，外衣衣襬一翻站上船頭，就這樣毫不畏懼地往空中一躍。

此時，獨自留在船上的 Archer 雙眼染上一層殘虐的神色，注視著鋼鐵機影愈來愈接近。

「應該在地上爬的狂犬竟然膽敢來到王者飛翔的天空……這種胡鬧真是太愚蠢了，雜種！」

從展開的『王之財寶』中連續迸射出六件寶具，發出刺眼光芒的長矛與刀劍如同流星般拉出閃耀的尾巴，迎戰 Berserker。

得到異形之力的兩具渦輪扇引擎發出尖銳的運轉聲，讓怪鳥的咆哮更加響亮。憑藉著緊急加速而加倍的相對速度，黝黑的F15在 Archer 發射的寶具彈幕當中找到千鈞一髮的間隙，穿隙而過。

但是 Archer 的寶具並不會因為一次落空就放棄追殺。六件寶具當中的三件——戰斧、鐮刀與彎刀猛然一轉，變換軌道，繼續緊咬在F15之後。

但是就在寶具即將命中的前一刻，黑色F15的副翼與襟翼彷彿像是生物一般開始擺動，做出空氣力學上根本不可能實現的急劇閃避動作躲開寶具的鋒尖。F15就這麼重複劇烈的桶滾動作閃避第二次、第三次攻擊，讓所有追擊的寶具全都徒勞無功地消失在半空中。光是第一次迴旋的強烈G力就已經讓駕駛艙裡的仰木一尉因內臟破裂當場死亡，不過 Berserker 當然不會在意這種瑣事。

成功躲開全部攻擊的同時，F15猛地使出英麥曼迴轉，將機首轉向 Archer。火箭引擎的火炎從左右兩翼的掛架上噴出，兩枚麻雀飛彈發射出來，就好像是要還以顏色般朝 Archer 的維瑪納疾射而去。

雖然一般兵器在從靈對戰中派不上用場，但如果是 Berserker 的魔力所侵蝕的武器可就另當別論。帶著憎恨魔力的二十六磅炸藥只要擊中一發，就足以把Archer炸得屍骨無存。

「耍什麼小聰明……」

Archer微微冷笑，伸手碰觸維瑪納的舵輪，光之船立刻一口氣加快速度，展現出Berserker粗暴的迴轉動作所無法比擬的優美飛翔姿態，從飛彈的彈道上閃開。敘事詩中歌頌這件飛天寶具的飛行速度與思考一樣快速，這種動作已經完全脫離了物理法則。

「[redacted]!!」

瘋狂的黑騎士發出吼聲，兩枚麻雀飛彈就好像是呼應他凶惡的嘶吼，扭動前翼調轉方向，再次朝著一度已經閃開的維瑪納展開追擊。這兩枚飛彈本來只不過是使用雷達波照射來誘導方向的電子兵器，如今已經完全變成如同獵犬般的魔導器，緊緊咬著Berserker的憎恨對象不放。

但是Archer對這第二次威脅只發出一聲嗤笑，再度展開『王之財寶』，取出兩面盾牌扔向空中，擊落咒裝化的飛彈。英雄王站在受到爆風席捲而晃動的光之船上，鮮紅色的雙眸逐漸泛起激動的神采。

「真有趣……已經很久沒有玩這麼刺激的遊戲了。沒想到區區一頭野獸倒也讓本王如此盡興啊！」

隨著Archer高聲長笑，維瑪納疾速上升，Berserker的F15也跟著緊追在後。雙方一口氣突破音障，衝到夜晚的雲海上方，在絕頂高空展開更激烈的死鬥。

在夜晚霧氣濃重的寒冷空氣中，遠坂時臣飛身降落。

這是質量操作與氣流控制等雙重咒術所造成的自動下降。只要是老練的魔術師，誰都辦得到這種技術。如果要看熟練與否的話，反而要從視覺的優美程度來判斷技術高下。

維持完全垂直的直線下降軌道、如同羽毛般輕盈的著地，衣物與頭髮都沒有一絲垂亂——時臣爐火純青的精練技巧直可堪稱是模範表演，一般的魔術師一定會忍不住讚嘆不絕吧。

但是雁夜並非魔導中人，在他的心目中對魔術沒有絲毫敬意或憧憬。

雁夜的心中沒有敬畏，只有憎恨；沒有羨慕，只有憤怒。對於現在連外貌都已經醜陋扭曲的他來說，時臣一如往常的優美與華麗是這麼地叫人怨毒。

「你總是這樣——」

他的一言一行、一舉一動總是充滿無懈可擊的高雅氣質。這個男人從出現在葵與雁夜面前的第一天開始就是這麼『完美無瑕』。他渾然天成的優雅從容使得雁夜不得不意識到兩人之間的『等級』差異。

但是這一切也只到今天晚上為止了。

這個男人一直以來最細心維持的優雅風範在殺戮戰場上一點用處都沒有。現在雁夜就要在這裡讓遠坂家最自傲的家訓徹底掃地，完全粉碎。

已經開始戰鬥的Berserker毫不客氣地從雁夜身上搾取魔力，刻印蟲在體內暴動的劇痛就好像有一把銼刀在手腳上削骨碎肉一樣，痛得他眼花撩亂。

但是相較於此刻雁夜心中燒灼的恨火，就連這種生不如死的折磨都還只是小意思。

「——你完全變了個樣了，間桐雁夜。」

時臣忍不住瞇起那雙聰慧的雙眼。就連這點小動作都透露出從容氣度，毫無面臨戰鬥時的緊張。他繼續刻意刺激雁夜道：

「曾經一度放棄魔導，卻還對聖杯依依不捨，甚至不惜變成這副模樣都還要回歸……光是看到你一個人現在的醜態，間桐家就難逃墮落之臭名啊。」

雁夜對時臣矯飾的言論還以嘲諷的冷笑。就算在他自己的耳中聽起來，自己嘶啞的喉嚨中發出的笑聲也和蟲鳴聲相去無幾。

「遠坂時臣，我只有一個問題……為什麼要把櫻交到臟硯的手中。」

「……什麼？」

時臣似乎完全沒有料到雁夜會問出這個問題，不禁皺起眉頭。

「這不是此時此地你應該在意的事情。」

「回答我，時臣!!」

面對激憤不已而放聲大吼的雁夜，時臣輕嘆一聲，回答道：

「——這還用得著說嗎？我當然是希望自己心愛的女兒在未來能夠幸福。」

「你……你說……什麼？」

這個回答實在太匪夷所思，讓雁夜的頭腦陷入一陣空白。雁夜一臉愕然的模樣讓時臣大搖其頭，以平淡的語氣繼續說道：

「只要是生下兩個孩子的魔術師都會為了這種左右為難的窘境而煩惱——只能將祕術傳授給一個人，另一個孩子就必須**打入凡俗**。」

凡俗——

這一句話在雁夜空白的腦海裡不斷反覆迴盪。櫻再也不得復見的笑容，以及她與凜或是葵一起快樂玩耍的模樣……時臣的話語混雜進這些小小的幸福回憶當中。

這個男人把她們母女三人過去幸福快樂的模樣當成「一介凡俗」，就這麼割捨了嗎？

「特別是我的妻子。做為生兒育女的母體，她實在太優秀了。凜和櫻在出生的時候竟然都具備世間少有的頂尖素質，因此兩位女兒都需要魔導家族的庇護。為了其中一方的未來而抹殺另一方潛藏的可能性——身為一名父親，怎麼可能有人希望這種悲劇發生呢？」

時臣滔滔不絕地說著。但是聽在雁夜的耳裡，他完全無法理解時臣的理論——不，他不想理解。如果他聽懂了一分這個魔術師的理念，可能當場就會大吐特吐起來。

「如果想要維繫姊妹兩人的才能，唯一的希望就是送給別人做養女。所以間桐老先生提出的要求簡直就像是上天的恩惠。如果是了解聖杯的家族，到達『根源』的可能性相對也會提高。就算在我手中無法完成，還有凜繼承；如果連凜都無力成就的話，還有櫻可以繼續傳承遠坂家的宿願。」

「你這傢伙……」

為什麼可以面不改色地訴說著這種絕望。

如果要求她們兩人都以追求『根源』為志向的話，那就是說——

「……你要她們互相爭鬥嗎？讓她們姊妹倆彼此競爭!?」

時臣發出一聲輕笑，露出滿不在乎的表情，點頭回應雁夜的責難。

「假使真的演變到那種局面，我的後代們仍然也是幸福的。勝利的話可以獲得無上的光榮；就算落敗，榮耀也會歸於祖先的家名，再也沒有什麼戰鬥比這種對決更讓人高興了。」

「你這傢伙——簡直瘋了!!」

時臣對咬牙切齒的雁夜冷冷瞥了一眼，以譏諷的語氣說道：

「像你這種不了解魔導的尊貴，還一度棄離魔導的背叛者，這些事情就算跟你說了也沒用。」

「胡說八道!!」

超過忍耐極限的憤怒與憎恨讓雁夜體內的刻印蟲開始活性化，劇痛與惡寒頓時遍及全身。但是對於現在的雁夜來說，就連這種痛苦都是一種祝福。

盡量侵蝕吧，吞噬我的身軀。產生出來的魔力將會全部化為詛咒那名怨敵的力量來源……

蟲群彷彿像是席捲而來的海嘯一樣，從周圍陰暗處唏唏嗦嗦地聚集過來。這些恐怖的蠕蟲形態類似蛆蟲，大小好比一隻肥老鼠，全都是雁夜成為召主之時，臟硯交給他的獠牙——為了踏上這個異形戰場所準備的武器。

「我絕對不會原諒你們……你們這些骯髒的魔術師……！我要宰了你們……臟硯也是！你也是！把你們全部殺光!!」

蟲子們感受到雁夜怨恨之意，開始慢慢地扭動身軀，痛苦痙攣。牠們背上一一出現直線形的裂縫，露出泛著如鋼鐵般黑亮色澤的甲殼與翅膀。

就這樣，一隻又一隻從蠕蟲脫皮而出的巨大甲蟲將翅膀伸展開來，發出吵雜的嗤嗤聲響。甲蟲環繞著雁夜飛上天空，組成隊型，沒多久就聚集了一大群。這些『翅刃蟲』用尖銳的下顎發出嘰嘰嘰的威嚇聲，展現出凶猛本性，進入戰鬥狀態。間桐雁夜只是在短時間學成的操蟲人，這就是他所擁有最凶殘且最致命的攻擊手段。

只要被這些肉食昆蟲咬上，就算是猛牛的骨頭都會被嚼碎。雖然面對這麼一大群肉食蟲，時臣卻依然不改他泰然自若的氣度。

身為一名魔術師，時臣在年資與能力方面本來就都勝過雁夜不少。就算這招危險的祕術讓雁夜與死亡擦身而過，但是在時臣的眼裡看起來也沒什麼大不了，更不足以為懼。他甚至還有心情嘲笑命運如此諷刺，讓他與往日的情敵一決高下。

「──所謂的魔術師就是生來便具有『力量』之人，而且總有一天將會窮究『更崇高的力量』。在他們尚未接受自己的命運之前，責任就已經存在於『血統』當中了。生而為魔術師之子就是這麼一回事。」

時臣一面對雁夜淡淡說道，一面把自己的禮裝手杖高高舉起，從杖頭上鑲嵌的碩大紅寶石當中呼喚火炎術法。

在虛空中描繪出的防禦陣法仿效遠坂家的家徽，點燃夜晚的空氣，燃起熊熊大火。這是攻擊性防禦，任何東西只要一碰到就會被燒毀。面對一個幾乎對魔術外行的敵人，使出這一招雖然稍嫌小題大作了點，不過時臣完全不打算手下留情。

這是因為——

「因為你拒絕繼任家主，讓間桐的魔術落入櫻的手中，我本來應該要感謝你……不過我還是無法饒恕你這個男人。

你的軟弱讓你背棄自己家族血脈的責任、你的卑劣讓你對此絲毫不感到歉疚。間桐雁夜是魔導的恥辱，既然再度見面，我只能下手殺你了。」

「開什麼玩笑……你根本不是人……！」

「你錯了。一肩扛起屬於自己的責任正是身為人的第一要件。連這件事都辦不到，那才是非人的四腳畜生啊，雁夜。」

「蟲群啊，吃掉那傢伙，把他吃光!!」

舞動的灼熱火炎迎戰發出低鳴聲大舉襲擊而來的甲蟲群。

今晚第三場生死決鬥的舞台在此時點燃戰火。

# -84：25：22

「厲害……太厲害了！真是棒透啦！」

雨生龍之介因為興奮過度，顧不得旁人的眼光大叫出聲，渾身打顫。

雖然聚集在河邊的好事之徒不只有龍之介一個人，但是現在已經沒有任何人會去在意他的奇言異行。每個人的目光都緊盯著發生在自己眼前，那不屬於現實的怪異現象。

一頭大怪獸在河面上大肆作亂，在天空上有ＵＦＯ與自衛隊的戰鬥機迸射出火花。

這是一幕任誰都會嘲笑為陳年老梗，但是從沒有人親眼看過的壯闊場面。

你們都看見了吧！龍之介大聲喝采。

每一個人都張大了嘴巴，一臉呆樣地望著眼前的現實。那些傢伙根本無能為力，只能眼睜睜看著自己以往最迷信、最崇拜的那尊名為「常識」的該死無聊偶像，就這樣嘩啦啦地崩毀粉碎。

你們覺得怎麼樣啊？你們這些人活到今天全都白活了，一定覺得很懊惱、很丟臉吧。

你們完全沒料到，在常識的框架外面有一個多麼有趣的世界在等著我們，甚至完全沒有想過試著體驗看看。

我嗎？我當然早就知道了。我曾經想過，也期待過。期待總有一天一定可以看到非常驚人的事物。所以我才會幹一些平常人不會做的事，每天都在尋找驚喜，睜大了眼睛到處奔走。

然後——終於被我找到了。那個我一直在尋找的神祕寶箱。

啊啊，上帝的確是存在的，眼前這個大異象就是最好的證據。

天上最偉大的整人專家為了想要看看可憐羔羊們戰慄的表情，到處設下荒謬怪誕的詭異陷阱，正暗自竊笑呢。龍之介一直在找尋的天神終於現身，祂之前到處設下的嚇人箱都一起噴出了煙火。

要和無聊永遠說再見啦，也不用再花功夫去殺人了。接下來就算撒手不管也會有一大群人死掉。被壓扁被切爛粉身碎骨被吞吃，這裡死人、那裡死人，到處都會死一大票人。金髮美女的腸子是什麼顏色？黑人的脾臟摸起來是什麼感覺？從今以後一定可以看到很多從來沒有見過的內臟吧！每天在世界各地都會發生有趣的事情，不會中斷也永遠不會結束！

「啊啊，上帝是存在的，上帝是存在的啊！」

龍之介趾高氣昂地擺出勝利姿勢，一邊又唱又跳地歌頌人生的勝利，一邊聲援變成怪獸胡作非為的盟友。

「上啊，藍鬍子老大！幹掉他們！殺光他們！這裡就是上帝的玩具箱啊!!」

這時候龍之介突然被一隻看不見的手用力推了一把。

龍之介站不住腳，一屁股跌坐在地上，驚訝地轉頭看著四周。周圍沒有一個人近到可以碰觸到他。不但如此，附近的人只要和他四目相交都接連發出尖叫聲，向後卻步，彷彿眼前發生了一件和河中或是天上一樣怪異的事情。

「什麼？喂，怎麼了？」

好像有什麼更加奇怪的事情發生，龍之介按耐不住期待的心情向四周的人開口探問之後，摸著腹部的掌心突然感到一陣灼熱的溼潤感……然後他目不轉睛地看著自己染成一片鮮紅的手掌。

「哇……」

紅色。一點雜質都沒有的鮮豔紅色。

那是他一直在探索的原始色彩，豔麗地閃閃發亮。

啊啊，就是這個──龍之介頓時領悟，青紫的嘴唇泛起微笑。

這就是他到處尋找，挖過許多地方卻怎麼樣都遍尋不著的真正「紅色」。

他憐愛地輕輕抱住自己鮮血淋漓的肚腹。

「原來如此……難怪我一直都沒發覺……」

常言道遠在天邊，近在眼前。沒想到長久以來一直追尋的事物就藏在離自己這麼近的地方——

龍之介的頭腦因為腦內不斷湧出的分泌物質而醺醺然。第二發子彈一槍打穿了他的額頭正中央。

就算鼻子以上的頭顱全部被打碎，他的嘴角仍然帶著無比幸福的微笑。

幹掉了——單膝跪在船上甲板的衛宮切嗣感覺自己確實成功擊殺目標，放下Walther夜視狙擊槍的槍口。

這裡是距離Caster的海魔約兩百公尺遠的下游，靠近冬木大橋不遠的河中心。當Caster出現的時候，切嗣正好在港灣區埋伏監視。他馬上在附近不遠的碼頭選了一艘沒有人的大型快艇，不問自取直接開到河上來。

切嗣當然不是要攻擊已經化為巨獸的Caster。在這混亂的局面中，他的目的仍然是『獵殺召主』。

在這團濃霧中，因為空氣中飽含著微粒子，所以亮度增幅型的狙擊鏡派不上用場，但是對於分辨魔術師時最重要的紅外線望遠鏡卻沒有任何影響。切嗣從慢慢聚集在河岸邊的好事者當中，逐一尋找有沒有魔術迴路特有的散熱模式，結果在剛才先射殺了一個人。

在這種情況下，如果還有哪個人開著魔術迴路在河邊徘徊的話，十之八九肯定與聖杯戰爭有關。剛才那個人有六成機率就是Caster的召主，總之先殺掉再說。

同時另外還有兩名魔術師在附近不遠的高層公寓頂樓上交戰。因為仰角的關係，那兩人從他的位置來看正好位於死角，也因此免於遭到他的射殺。

「……情況不妙啊。」

切嗣轉身確認狀況。雖然順利取得戰果，但是他的表情卻非常難看。Saber與Rider兩人奮力阻止海魔行進，但是戰況怎麼看都很不樂觀。

就算假設剛才射殺的目標真的是「大獎」，從魔力供給斷絕到從靈無法維持現世實體而消失之前還需要一段時間。如果Caster在消失之前先到達岸邊開始「捕食」的話，一切就完了。重新得到魔力源的海魔就只能用物理性的方式加以排除。

然而，一次又一次重複無限再生的不死怪獸，現在就快要登上河岸的淺灘處了。

Saber雖然深深感到絕望，但仍然不懼不屈，繼續揮舞手中的長劍。

就算砍得再深，傷口也會在下一秒鐘完全癒合，一點效果都沒有，她所有的努力都是白費力氣——不，就算只有一點點，能讓海魔的腳步放慢也算是有意義了。但是一想到不久之後將會發生的結局，現在的一切做為幾乎等於無謂的掙扎。

要是可以使用左手的話……

明知再懊悔也沒用，但是她的腦海中仍然忍不住浮現出這樣的想法。就算有Rider與Archer的強悍寶具，還是不足以打倒這頭怪獸。即使想要仰賴人多勢眾強行擊倒牠，但是所有的傷害都能再生，再怎麼打都毫無意義。如果要打倒這隻妖怪，就要一口氣把牠全身消滅殆盡，連一片肉屑都不剩——他們需要的不是抗軍寶具，而是攻城寶具。

『應許勝利之劍』應當足以消滅海魔，但是現在的Saber卻無法施展。這招必殺絕技解放出的龐大能量幾乎等於她所有的魔力，想要使用這招的話一定要用雙手用力揮劍才行。

Saber當然不可能在這時候找Lancer抱怨，她連想都不曾這麼想過。她左手的不便是與Lancer發誓公平決鬥而受的傷。Lancer在艾因茲柏恩森林自願擔任她的「左手」，以騎士王的名譽立誓，她必須回報Lancer這番心意。

「喂～Saber！再這樣下去根本沒完沒了，暫時撤退！」

Saber 聽見從頭頂上的戰車傳來的 Rider 呼叫聲，大聲咆哮道：

「說什麼傻話！如果不在這裡擋住牠的話——」

「話雖如此，我們根本無計可施！別管了，快退！朕有個主意！」

「…………！」

Saber 莫可奈何，臨退之前使出渾身的力氣斬下一劍，然後跟在 Rider 之後跑過水面，退回到 Lancer 與愛莉斯菲爾等待的河岸上。就在 Saber 在水面一蹬，躍上堤防的同時，Rider 的戰車同樣也發出雷鳴聲從天而降。

「——聽好了，諸位。不管接下來要想什麼法子，第一件事要先爭取時間。」

Rider 省略不必要的前言，立即切入正題。饒是堂堂的征服王，這時候也已不見平時的悠哉態度。

「先把那傢伙拖進朕的『王之軍勢』裡面。但是就算朕精銳盡出，恐怕也無法完全消滅那玩意兒，最多也只能把牠困在固有結界當中而已。」

「在那之後呢，該怎麼辦？」

聽見 Lancer 的疑問，Rider 說道：

「不知道。」

這個回答乾脆地讓人驚訝。但是從 Rider 嚴肅的表情來看，他顯然不是在開玩笑。

爭取一時半刻的時間——就算採用征服王的計策，目前也只能做到這個地步而已。

「如果把那頭大怪獸吞進去，朕的軍勢結界也只能撐個幾分鐘而已。在這段時間內想個辦法吧——諸位英靈，朕希望你們能找到掌握勝機的方法。小子，你也留在這裡。」

話還沒說完，Rider就把韋伯從駕駛座上拎了出來。

「喂、喂!?」

「一旦展開結界，朕就無法得知外界的狀況。小子，如果發生什麼事的話就專心思考，呼喚朕。朕會派遣傳令兵。」

「……」

以韋伯的認知來說，就算雙方已經結成同盟，但要他在其餘兩名從靈面前與自己的從靈分開行動，這簡直是危險至極的莽撞行為。不過現在的狀況也確實不容許他多操心盟友會不會背叛。少年內心雖然惶惶不安，但還是繃著一張臉點點頭。

「Saber、Lancer，接下來就拜託你們了。」

「……嗯」

「……明白了。」

扛下責任的兩個人語氣聽起來都很沉重。在場的每一個人都知道Rider的判斷只是應急對策而已，完全無法解決問題。

或許是因為對自己看上的英靈寄予百分之百的信賴吧，打定主意的 Rider 臉上不再露出愁容，駕著戰車頭也不回地朝海魔衝去。

## -84:23:46

雖然 Archer 曾經一度沉浸在這個還算新穎有趣的遊戲裡，但是就在寶具與飛彈重複來回招呼個三、四遍之後，他很快便開始對這場超高度的空中戰鬥感到厭倦。

經過數次的空中纏鬥，現在 Archer 的維瑪納正從後方緊追 Berserker 的 F15。接下來只要再縮短一點距離就能搶到絕佳的攻擊位置。知道這一點的 Berserker 為了想要甩開追兵，把機體的油門閥催到極限。為了利用落下的加速度，甚至連垂直俯衝的動作都做出來了。

「還在做無謂的掙扎……」

Archer 一邊冷笑，一邊操縱維瑪納，輕而易舉就追上 Berserker 的背後。兩人轉瞬間突破重重雲海，彷彿受到燈火閃爍的冬木大地吸引似地，不斷向下俯衝。

「你就乾脆一頭衝進那團穢物裡頭如何，雜種？」

Archer 將已經就發射狀態的寶具以圓環狀展開，從四方牽制 Berserker，封住他的退路。這樣一來，Berserker 能走的路徑就只有正下方的未遠川——將會與朝著堤防蠕行的 Caster 海魔直接撞上。

衝撞已經無可避免。為了盡可能減緩衝擊力道，F15把所有襟翼全部豎起來，抓住空氣，試圖盡量減速。

就在此時，搖晃蠕動的巨大肉塊忽然消失得無影無蹤。

Archer與Berserker當然無從得知，事實上這是Rider衝到海魔身邊，在最近距離發動『王之軍勢』，把海魔的巨大身軀包入他與麾下英靈一同張開的固有結界當中。Archer不想再讓自己自豪的寶具沾染到一滴汙穢，看準Berserker撞上海魔的時機，已經解除了寶具的實體。Berserker當然不會放過這一瞬間破綻，硬是拉起魔裝化的F15機體，扭轉即將衝入河面的機首，畫出一道幾乎等於直角的軌道才免於墜機的慘劇。

衝擊波使得機體的兩側掀起一道道水柱簾幕。黑色的F15緊貼著水面滑行，與在河岸上觀戰的從靈們擦身而過。此時騎士王身著白銀蒼藍鎧甲的閃耀身影清清楚楚地映入戰機上黑騎士的眼中。

「……」

黑色頭盔的深處，那雙含著混沌怨念的雙眸在這時候綻放出如同紅蓮烈火般強烈的精光。

按照遠坂時臣的標準來看，這只是一場粗俗的滑稽鬧劇，完全稱不上是魔術戰鬥。時臣只不過是淡淡地持續張設防禦陣法，根本還沒做出任何算得上是攻擊的行為。但是相反的，間桐雁夜卻已經落得一副半死不活的模樣了。

這根本是自尋死路。對現在的雁夜來說，行使魔術就是要命的自殘行為吧。雁夜本人當然也明白這一點，但是他竟然如此愚蠢，毫不猶豫地不斷使用超出自身限度的術法，結果當然是自己付出了沉重的代價。

看起來真是慘不忍睹。全身的毛細孔到處破裂，不斷濺血。他已經連站都站不直，搖搖晃晃的醜態彷彿就像是在血霧當中溺水一樣。從那張因為痛苦而翻著白眼的臉龐甚至看不出他到底是不是還清醒著。

——剛才還那麼盛氣凌人……結果真打起來卻是這副德行嗎？

更讓人感到可悲的是，即便雁夜拚死命施展魔力，他的攻擊還是傷不了時臣的一根寒毛。

飛蛾撲火——眼前的光景完全實現了這句古老的諺語。不斷襲擊而來的甲蟲群只是一股腦兒地衝進時臣的火炎陣，沒有任何一隻甲蟲突破防線，就這樣一隻接著一隻在火焰中燃燒殆盡。說起來，操蟲人正面對上火炎本來就是愚蠢至極的行為。但是雁夜的攻勢還是不見稍緩，一邊自殘，一邊徒勞無功地驅使蟲子，讓牠們化為灰炭。

已經連冷笑都不值得了。時臣不只瞧不起這個手無縛雞之力的軟弱敵人，甚至更為他感到可憐。再過不久火炎就會把雁夜的蟲子全部燒光，到時候雁夜也會耐不住痛苦而死吧。時臣只要注意維持術法，悠哉地看著雁夜喪命就好了，在他堅守防禦的時候戰鬥自然就會結束。

但是對於奉守高貴魔導的時臣來說，看到魔術師偏離正途而墮落，而且還在眼前醜態畢露，讓他的不悅超出忍耐的極限。

「Intensive Einascherung——」（吾敵之火葬必猛烈）

防禦陣的火炎呼應這段以兩個音節形成的咒文，如同長蛇般左右搖擺，對著雁夜伸展開來。雁夜甚至沒有採取防禦，這個即席魔術師究竟有沒有足夠的術理與知識應付攻擊咒文也很可疑。

「殺……殺了你……時臣……臟……硯……」

就算活生生地被火焰紋身，雁夜還是連一聲慘叫都沒有發出來，只是持續不斷地低聲咒罵。或許他那副被蟲子從內部吃光的身體已經連灼熱的痛楚都感覺不到了。

渾身被火炎包裹的雁夜瘋狂扭動身軀，想要擺脫身上的火勢。就在掙扎的時候，他撞破護欄，踏出屋頂邊緣，就這麼直直地墜入暗巷當中。

時臣最後把還在身邊飛舞的蟲子用火炎一掃而盡後解除魔術，嘆了一口氣，整整衣襟。

屍體……根本不用確認。就算還有氣也撐不了多久吧，接下來只要等失去契約召主的 Berserker 自動消滅就行了。

依照時臣當初的預測，他還以為間桐家會放棄這次的聖杯戰爭作壁上觀，為什麼要讓雁夜這個曾經脫離家門的淘汰者成為即席的魔術師，送他來參戰呢？實在不了解他們的想法。一直到最後，時臣始終不知道雁夜參加戰爭究竟所求為何。

對於這場沒有成就感，只讓人感到不悅的勝利，時臣不再多加思索，遺忘地乾乾淨淨。他轉頭朝向河川的方向，觀看對 Caster 之戰的進展狀況。

因為 Rider 的妙計，海魔的巨大身軀從河面上消失地無影無蹤——但是就算看不見形體，在場的幾位從靈與魔術師還是可以清楚感覺到妖物在象限偏移的結界中大鬧的氣息。

「……現在該怎麼辦？」

韋伯耐不住盤據在現場的沉重氣氛，開口問道。

「雖然 Rider 去爭取一點時間，但是如果我們在這段期間什麼主意都想不出來的話，一切又會回到原點。喂，艾因茲柏恩，你們想不出什麼好點子嗎？」

「話雖如此──」

話說到一半，愛莉斯菲爾的懷中突然響起一陣與現場氣氛格格不入的輕快電子聲響。愛莉斯菲爾自己都嚇了一跳，趕緊把發出聲音的東西拿出來。

發出聲音的是一支手機，是切嗣為了預防萬一而事先交給她的，來電對象是誰當然不言自明。但是原則上本來不會有什麼事需要用手機通話，再加上現在情況緊急，使得愛莉斯菲爾一時之間竟想不起來她曾經學過的手機使用方法。

「啊、請問……這個東西，應該怎麼用才好？」

忙亂之下，她不禁開口問站在身邊的韋伯。話說到一半被打斷而有些不高興的韋伯從愛莉斯菲爾手中搶下響個不停的手機，按下通話鈕後放在耳邊。韋伯雖然是魔術師，但是出身並非顯赫，因此對於使用機械也有一般水準的常識。

『──愛莉？』

從電話的另一端傳來低沉的男性聲音，韋伯這時候才慌張起來，按下通話鈕之後應該還給主人的，怎麼自己就這樣順勢接聽了電話。

「不，我不是……」

『──你是 Rider 的召主嗎？正好，我也有事要找你。』

「你、你是什麼人？」

『我是誰不重要。是你的從靈讓 Caster 消失的吧？』

「……算是吧。」

『我有事要問你。Rider 的固有結界在解除的時候可以把裡面的東西放在自己希望的位置嗎？』

雖然這個問題問得沒頭沒腦，但是現在分秒必爭，沒有時間回問發問者究竟有何意圖。韋伯回想起在時鐘塔學過的固有結界基本法則，再把他曾經看過的『王之軍勢』的性質一併列入考量，思索之後謹慎回答道：

「我想在一定的範圍內應該是可以的，頂多一百公尺左右。因為重新出現在外界的主導權應該掌握在 Rider 手上。」

『那好，待會我會看準時機發射信號彈，你們就在信號彈的正下方把 Caster 放出來。可以嗎？』

「……」

問題是要如何與此時正在結界內部的 Rider 聯絡，不過 Rider 好像說過之後會派人傳令，他也早就已經想到結界內外要合作行動吧。

「我想——應該可以，嗯。」

再說對方究竟是何方神聖？恐怕是艾因茲柏恩陣營的人吧。聽他說話的樣子，韋伯認為他一定就在附近某個地方監視著。

『還有一件事。你告訴人在現場的Lancer，就說Saber的左手有攻城寶具。』

「什麼？」

韋伯愈來愈不知所以然，開口回問。但是電話已經掛斷，只留下空洞的電子聲響而已。

「——怎麼了？」

Lancer察覺韋伯用別有深意的眼神看著自己，狐疑地問道。

「這個……他說有話要轉告你，說什麼『Saber的左手有攻城寶具』之類……」

Lancer與Saber兩人的表情同時一變。Lancer一臉錯愕，而Saber則是露出為難的神色。

「這是真的嗎？Saber？」

「……」

雖然Saber不想在這時候談起這件事，但就算隱瞞也無濟於事。她臉上的表情一片木然，無言地點頭。

「那件寶具……足以一招把Caster的海怪消滅掉嗎？」

「有可能。可是——」

Saber 再次點頭之後，以堅毅的眼神看著長槍英靈，繼續說道：

「Lancer，我的寶劍有多重，就代表我的榮譽有多深。和你戰鬥時受的傷絕不是枷鎖，而是一種榮譽。就像當初你在森林所說的，雖然失去一隻手，如果能獲得迪爾穆德・奧・德利暗的幫助，那也有如千軍萬馬之力。」

就算這時候讓 Lancer 背負罪惡感也沒有什麼好處。Saber 與他同為騎士道的信奉者，她希望與 Lancer 之間能夠繼續維持光明磊落、毫無芥蒂的關係，迎接即將到來的決戰之日。

Lancer 一言不發，瞇著眼睛眺望河面，彷彿視線已經穿透象限隔閡，看著 Rider 的軍勢與海魔在結界的另一側激戰。

「──Saber，我無法饒恕那個 Caster。」

他靜靜地低聲說道。但是美麗魔貌的眼神卻與冷靜的語氣不同，充滿著某種堅定的意志。

「那傢伙把眾人的絕望奉為真理，以散播恐懼為樂。賭上騎士的名譽，我絕對不能放過像他這種『邪惡』。」

Lancer 將右手的紅色長槍插在地面上，放開手，然後用雙手緊握住另一柄黃色短槍的中間部位。這時 Saber 立刻發覺這名高傲的槍兵究竟想做什麼，睜大了眼睛喊道：

「Lancer，不要這麼做！」

「現在必須獲得勝利的人是誰？是Saber嗎？還是Lancer？不，兩者都不是。此時此地最應該獲勝的，是我們尊崇的『騎士道』——難道不是嗎？英靈阿爾特利亞。」

Lancer帶著輕鬆寫意的笑容說完之後，想都不想就將自己的雙槍寶具中的其中一柄折斷。

凝聚在『必滅黃薔薇』中的龐大咒力捲起一陣旋風奔流而出，過不久便逐漸消散殆盡。那是諸多體現傳說的寶具之一，沒想到消滅的時候竟是這麼簡單空虛。

有誰想得到竟然會有一名從靈親手破壞自己的王牌寶具。不只是Saber，連愛莉斯菲爾與韋伯看到Lancer的舉動之後，同樣也好一陣子說不出話來。

「我的勝利宿願就寄託在騎士王的寶劍之上。交給妳了，Saber。」

胸口中湧起的強烈情緒讓Saber用力緊握住「左手」。騎士王手腕上的傷口擺脫了必滅的詛咒，立即癒合，以強大的握力回應這股熱情。銀色的籠手鏗鏘作響，因為沸騰的情緒而微微顫抖。

「我答應你，Lancer……此時此刻我向此劍發誓，誓言必定獲得勝利！」

『風王結界』張開，黃金之劍在席捲的狂風當中展露神姿。劍身金光閃耀，彷彿在祝賀應許的勝利般，照亮四周的黑暗。

「那就是，亞瑟王傳說中的……」

終於得以目睹寶貴的至高神劍，韋伯神情恍惚地低聲說道。

感覺就像是度過漫漫長夜之後眺望晨光一般，深深盤據在心中的不安與焦慮都被這道光輝溫柔地拭去。

沒錯，這道光正是騎士的理想。

這是所有消逝在光輝中的人們心中所描繪的一切夢想之結晶。他們即便身在鮮血淋漓的戰場，暴露在死亡與絕望的極限地獄當中，仍然歌頌著人性的高貴。

「打得贏……」

愛莉斯菲爾忘我地喃喃自語，聲音因為喜悅而有些發顫。

但是恐怖詛咒的咆哮聲響遍四周，撼動整片夜空，彷彿在反抗這道希望的意念——不，這道不成聲的嘶吼其實正是渦輪扇的狂猛巨響。

Saber 抬頭一望，在空中發現憎恨的化身。

狂亂的英靈乘坐在受到漆黑魔力所侵蝕的鋼鐵怪鳥身上，此時再度對騎士王露出凶狠的獠牙。

「A——urrrrrr!!」

伴隨著 Berserker 那讓人血液為之凍結的恐怖嘶吼聲，20mm 火神機關炮的六連裝炮口噴發出凶猛的火炎。

# -84：19：03

看著局勢發生意想不到的變數，切嗣不禁咂舌。

他已經把快艇開到自己選定的位置，放下錨。就連附有引擎的逃脫用橡皮艇都已經準備就緒。Saber 已經順利取回她的必殺寶具，接下來只要把 Rider 叫回來，放出 Caster 的海魔就可以了——他才剛剛這麼想著，之前還在與 Archer 纏鬥的 Berserker 不曉得發了什麼瘋，竟然突然把矛頭轉向 Saber。

但是仔細一想，這已經是 Saber 第二次莫名其妙受到 Berserker 的挑戰了。在倉庫街的第一次接觸時，黑甲騎士也是一失去目標之後，馬上就像一頭飢餓的野獸般撲向 Saber。如果只有一次還能當成偶然，但是發生第二次的話就不能用這兩個字打發了。更何況這次 Archer 還在，Berserker 竟然撇下最初的目標，突然發生變化。

對於自尊心超乎一般強烈的 Archer 來說，這種無禮的行為當然也是難以饒恕的侮辱。

「你失心瘋了嗎？可惡的狂犬！」

Archer 咒罵一聲，加快維瑪納的速度，與 Berserker 背後拉近到足以一舉擊殺他的距離。雙方距離這麼接近，就算機動力再怎麼卓越都不可能躲過『王之財寶』的寶具投射——但是這點判斷反而弄巧成拙。

Ｆ15的機體下方突然連續放出幾顆有如鬼火般的灼熱火球，朝後方的維瑪納船首迎頭灑過來。

「什麼!?」

戰鬥機上有一種稱為曳光彈發射器的設備，原本只是為了擺脫敵人的熱導引飛彈，用來發射誘導熱源的裝置。但是受到Berserker魔力侵蝕而狂暴化之後，曳光彈發射器竟然蛻變為帶有追蹤性能的燒夷兵器。在先前的空戰中，Archer誤以為敵人沒有攻擊後方的手段，因此一時之間來不及應付這預料之外的反擊。維瑪納一頭衝入熊熊燃燒的火球中，被赤紅的火焰包圍而失去控制，就這樣劃出螺旋線條，向河面墜落。

Berserker雖然終於擊落Archer，但是他對這得之不易的戰果似乎絲毫不在意，也不去查看Archer沉入水中之後的行蹤。鋼鐵巨鳥只是一個勁兒地追擊Saber，20mm的炮火無情地落在Saber頭上。

Berserker駕駛的Ｆ15對Saber來說是完全陌生的兵器，但是她那近乎未來預知的第六感技能卻能極正確地掌握Ｆ15的危險性。在一開始受到機槍掃射之前，Saber就已經察覺到那是造成大範圍破壞的武器，她立即判斷待在堤防上會讓愛莉斯菲爾等人遭遇被炮火波及的危險，再次跑過河面，到河中尋求退路。

雖然這是無可奈何的判斷，不過這項決定卻讓她陷入更危險的局面當中。

Saber 運用從靈特有的超凡運動能力，在水面上飛奔的速度足以與噴射戰鬥機匹敵，但是寬廣的河面上沒有任何掩蔽物，對於從上方掃射的 Berserker 來說正是絕佳的狩獵場所。

Saber 在河面上飛馳，炮火恰恰在千鈞一髮之際從她身後掠過，如豪雨般落下。河面被炮彈挖開，濺起漫天水花，水勢就像飛瀑倒懸般猛烈。

**如果只是區區炮彈**，就算口徑再大還是不會對從靈造成危險。而且從 Saber 的卓越身體能力來看，想要閃避炮彈易如反掌。如果想要的話，她甚至可以用劍身將炮彈打回去。但是美國通用電氣公司最引以為傲的 M61 機關炮連續射速每分鐘 12000 發，就算是超凡的英靈也無法應付這麼大量的炮彈。更何況經由 Berserker 的魔力侵蝕，這些武器已經帶有寶具的屬性，只要挨上一發就會造成致命的傷害。

「好不容易才剛重拾左手的機能………！」

Saber 感到扼腕。現在她雖然能夠使用寶具擊殺在上空的 Berserker，但是敵人死纏爛打的攻勢毫不間斷，甚至不讓她找機會反擊。Berserker 好像十分熟悉 Saber 的能耐，戰術既確實又縝密。想要獵殺獅子，最好的方法就是不斷窮追猛打直到逼死牠，讓牠沒有機會露出獠牙。Berserker的手法就像是一個深諳此道的獵人一般。

突然有一陣異常的地鳴由河岸邊向四周擴散開來。只有在場幾位魔術師能夠了解這陣莫名其妙的震動究竟代表什麼意思——震源應該是Rider展開的固有結界內部吧。海魔大肆作亂的激震終於開始影響一般空間，這項徵兆也代表Rider的結界即將到達極限。

韋伯心念一動，想到必須盡快把情況通知Rider才行，便集中精神呼喚自己的從靈。他不懂念話，只能依賴口頭上的溝通。Rider知道這一點，剛才也說過「會派遣傳令兵」。

韋伯身旁的空間忽然搖晃起來，出現一名騎士。

「我是親衛隊之一的米瑟利涅斯（Mithrenes），前來代替陛下的耳目！」

英靈以精悍的動作簡單行了個禮。韋伯被他的氣勢嚇到，說話有些支吾。但是他隨即想到現在沒時間讓他害怕，重新振作精神，對陌生的英靈下達指令。

「我要他待會等我信號，解開結界的時候把Caster扔在指定的地方。可以嗎？」

「可以——不過現在分秒必爭。在結界裡的我方軍勢恐怕已經無法繼續阻止那隻海魔的行進了……」

「我明白！這些我都明白！」

韋伯一邊抱怨，一邊帶著祈求的心情向不斷閃躲 Berserker 攻擊的 Saber 看了一眼。

「那個該死的 Berserker……難道沒有辦法處理他嗎⁉」

「——我去對付他吧。」

Lancer 語氣堅定地回答，握住僅剩的一柄紅槍，消失無蹤。槍兵暫時化為靈體，度過虛空，分毫不差地在F15機體上重新現身。他用一隻手抓住黑色魔力陣陣脈動的鋼鐵飛翼，固定身子。

「到此為止了，狂戰士！」

話聲剛落，Lancer 掄起握在右手的『破魔紅薔薇』，槍尖刺穿異變化的機體。

紅色長槍的一刺能夠遮斷任何魔力循環，正是 Berserker 怪異能力的天敵。但是 Berserker 已經在倉庫街一役親身領教過一次威力。面對 Lancer 的寶具，瘋狂卻又不失細密的神祕從靈並沒有重蹈前轍。

就在紅槍刺破機體之前，Berserker 很乾脆地放棄已經走到命運盡頭的F15，兩手猛力扯下機體的重要配件之後，向空中高高躍起。在那之後，噴射戰鬥機的魔力被『破魔紅薔薇』截斷，立刻變回一團廢鐵。飛機帶著機翼上的 Lancer 一同墜落，濺出一大片水花，沉入未遠川河底。

Berserker最後搶下的配件就是收容全套火神炮組件的機體部位。機關炮在千鈞一髮之際躲過與Lancer的長槍接觸，現在仍然充滿漆黑魔力而發出陣陣鼓動，保有黑騎士的寶具屬性。

「[redacted]!!」

Berserker扛著將近兩百公斤重的六連裝炮身與桶狀彈匣，從空中再度瞄準底下的Saber。受到魔力催動的回轉炮身瞬間完成加速，就在炮彈狂濤即將奔流而出的那一剎那，Saber這才發現自己已經陷入九死一生的局面當中。

Berserker從飛機上跳下來，一邊下降一邊狙擊Saber，射程比之前短了許多。Saber已經沒有時間搶在炮彈的初速之前脫離，無論往四面八方何處閃躲都無法逃出炮彈雨落下的範圍。

「不是生就是死……！」

Saber已經做好兩敗俱傷的心理準備。事到如今，她只能動用寶具了。就在她舉起劍的那一瞬間，精鋼的閃光從意想不到的方向射來，直接擊中位在空中的Berserker。

鋼鎚、戰斧與弩弓刺穿漆黑的鎧甲，大鐮刀砍斷正在回轉的炮身。射中彈匣的火箭還引爆剩餘的20mm炮彈，在半空中炸出一朵火炎紅蓮。被碎片與爆炎完全擊中的

Berserker就這麼直接被震飛，在空中畫了一道拋物線，像顆石頭般掉進河中。

Saber一驚，回頭仰望背後，看到Archer在冬木大橋的拱型鋼架上傲然而立。周圍的寶具光輝環繞周身，彷彿放出神聖後光的他對Saber露出邪惡的笑容。

「去吧，Saber，展現出來！身為英靈，妳的光輝究竟有多麼崇高，就讓本王來評斷吧。」

用不著你說——Saber對語氣傲慢的Archer無言地瞥了一眼，再度把視線放在河面上，重新握緊黃金之劍。

所有障礙都已經排除了，現在就是決勝的時刻。

切嗣坐在已經朝安全範圍行駛的橡皮艇上，見Berserker退場之後便看準的空中某一點，射出信號彈。燃燒的黃燐火炎就落在現在Saber的所在位置與切嗣捨棄的快艇所連成的直線正上方。

「就是那個！在那裡的正下方！」

韋伯立即發現信號彈，趕忙呼叫站在身邊的Rider傳令兵。英靈米瑟利涅斯點頭，迅速消失，回到王者與同袍等待的固有結界內側。

不久之後，河面上的空氣開始震動，彷彿早已準備好迎接這一刻似的。受到英靈的心象所侵蝕的空間恢復原本正常的模樣，首先是異樣的黑影如同海市蜃樓般遮蔽夜空，接著忽然化出實體，讓恐怖的巨大身軀落在水面上。位置不偏不倚，就在切嗣發射的信號彈正下方。

巨大質量掉進水中所產生的衝天水花像是海嘯一般沖擊河岸，唯獨與海魔正面對峙的Saber身上沒有沾到一滴水。現在她身上放射出的魔力引起一陣旋風，密度高到連水幕都因為氣壓差異而被完全彈開。

就在海魔再次現身的同時，Rider的戰車『神威的車輪』同樣也衝進深邃的夜空當中。戰車傷痕累累的模樣充分道出固有結界之內的戰鬥有多激烈，但是戰車的飛翔力道還是依然雄偉強悍。

「——真是！到底在幹什麼搞了這麼久……嗚哇!?」

Rider就連發個牢騷痛罵一聲的時間都沒有，他看見Saber的長劍充滿高密度的光輝，馬上明白接下來將會發生什麼事，立刻緊急回頭脫離危險區域。另一方面，Caster的海魔卻沒有這種敏捷的迴避能力。面對這道未知光華的威脅，撓曲蠕動的肉塊只能還以恐怖的異樣吼聲做為威嚇。

時機已經成熟了。

騎士王將全身的力氣凝聚在握住劍柄的雙臂上，高高舉起黃金之劍。

光明不斷聚集。刺眼的光輝一道接著一道聚合在一起，彷彿照耀這柄絕世聖劍，點綴出最閃耀的光華就是它們至高無上的天職。

激烈而清淨的光芒讓每一個人都為之屏息，說不出話來。

這道英姿從前曾經照亮比黑夜還要混沌的黑暗亂世。

堅忍不拔的十年歲月，歷經十二場戰役而不敗。騎士王的功勳舉世無雙，高貴的榮譽永垂不朽。

那柄光輝神劍正是跨越過去、現在與未來，所有在戰場上殞命的戰士們在最後一刻心中懷抱的悲哀崇高的夢想——那名為『榮光』的祈願結晶。

將那股意志化為榮耀揭示，告誡自己貫徹信義。此時此刻，常勝之王高聲唱出手中奇蹟的真名。

那就是——

「應許——勝利之劍（EX CALIBUR）!!」

光流奔湧。

嘯聲震天。

龍的因子被解放出來，讓魔力受到加速而化作閃光。激射而出的螺旋光流將海魔連同夜晚的黑暗全部吞沒。

在瞬間沸騰蒸發的河水當中，體現恐懼的魔性巨體的每一個分子都完全暴露在灼熱的衝擊之下，發出不成聲的尖叫。

海魔逐漸被燒灼殆盡。但是就在海魔的中樞，那厚重的髒肉堡壘當中，Caster不發一語，全神貫注地凝視著那白淨耀眼的毀滅一瞬間。

「……哦哦……哦……」

沒錯——這正是他從前曾經看過的光芒。

從前他不也曾經是一名騎士，為了追求這道光華奔馳於戰場上嗎？

回憶是這麼地鮮明而強烈，將吉爾拉回已經逝去的往日。

查理王（Charles VII）終於在蘭斯（Reims）舉辦加冕儀式。在儀式當中，從大教堂的彩繪玻璃照進來一道光，那道光與教堂中演奏的新藝術音樂將參與典禮的救國英雄吉爾、貞德包圍在其中，形成雪白而燦爛的歡喜祝福。

啊啊，沒錯——就是這道光。

他到現在依然記憶猶新。即使墮落魔道、罪惡盈身，那一天的回憶卻毫不褪色，深刻烙印在心上。

縱使他的結局最後充滿屈辱與憎恨，再怎麼受到世人的蔑視——唯有往日的榮耀仍然存在於他的心中，絕不會受到任何人的否定與顛覆。

就算是上帝或是命運都無法奪走或是玷汙的寶物……

臉上潸潸流下的兩行清淚讓吉爾・德・雷感到悵然若失。

自己過去究竟為了什麼事而感到迷惑，又迷失了什麼呢？

回首過去，承認一切——只要這麼做不就好了嗎？

「我……究竟是……」

在他說完這句喃喃自語之前，純白的光芒已經毀滅所有的一切，帶往事象的彼端。

× ×

Archer 站在高聳的鋼橋上，帶著滿面的笑容看著燒毀萬物的毀滅之光。

「看見了嗎？征服王。那就是 Saber 的光輝。」

他對著身邊的空中說道。剛經歷一場嚴酷戰鬥的 Rider 將神牛戰車停在半空中，同樣也在遠眺『應許勝利之劍』的極光。

「看到那麼美麗動人的光芒，你還是不願意承認她嗎？」

Rider 冷哼一聲，回答 Archer 的問題。但是他臉上的表情不是汙衊，而是好像在看著某種悲壯事物的陰鬱。

「因為肩負當世所有百姓的希望才能發出如斯光輝——是很耀眼沒錯，但正因為如此耀眼才讓人覺得不忍。因為朕知道背負著那一切的人，只不過是一個愛作夢的小妮子罷了。」

俯瞰河面，可以看見Saber嬌小的身軀因為剛打完一場激烈的死鬥而氣喘吁吁。經過昨天晚上的問答，Rider已經明瞭壓在那脆弱肩頭上的責任是多麼沉重了。饒是他生性痛快淋漓，也絕對無法容忍那種「生命意義」。

「從來沒有人憐惜那個女孩，她也從未體會過愛情的滋味。被『理想』這種詛咒所糾纏，最後淪落成那副模樣，讓人痛心地不忍卒睹。」

「就是這樣才惹人憐愛不是嗎？」

黃金從靈的微笑與征服王愁眉深鎖的表情相反，充滿著淫穢。他毫不掩飾笑容中的糜爛欲望。

「她身懷著過度崇高的理想，到最後必定會把她自己燒得面目全非。當夢想化為泡影時，只要舔一口她那慟哭的淚水——口感一定相當甘美。」

Rider鋒利的眼神朝著陶然沉醉在幻想中的Archer狠狠瞪了一眼。

「……我們兩人果然不共戴天啊，巴比倫（Babylonia）的英雄王。」

「哦？到現在你才發覺了嗎？」

Rider對黃金英靈的稱呼讓他再度展顏一笑，

「那你想要怎麼樣，Rider？現在就用武力表達你的憤怒嗎？」

「如果可以的話，想必一定相當痛快吧。但是朕今晚有些消耗過度，無法和你對打。」

Rider不虛張聲勢，坦白說道。然後對Archer露出嘲諷的眼神。

「——當然啦，如果你覺得良機不可失，主動和朕動手的話，朕倒也不介意陪你比劃兩招。」

「無所謂。本王允許你逃跑，征服王。如果不在你最完美的狀態下打倒你，本王也不會覺得甘心。」

聽見Archer語氣悠然地說道，Rider狡獪地揚起眉毛。

「嗯嗯？哈哈，你身上是不是也還帶著被黑衣小子擊落的傷勢？」

「……挑釁本王的行為將會受到死亡的對待。」

Archer完全不理會Rider的玩笑話，鮮紅雙眸逐漸染上一層殺意。Rider見狀笑著操縱神牛的韁繩，拉開距離。

「留待下次吧，英雄王。我們倆的對決將會是決定聖杯霸者的最後戰鬥。」

Rider依然還是深信應當取得聖杯的人，唯有具有「王者」品格的英靈，也就是征服王或是英雄王兩者擇其一吧。英靈伊斯坎達爾留下一抹傲笑，離開橋梁頂端之後就這麼直接飛往自己召主等待的河岸去了。

「真是這樣嗎……本王還沒決定只有單獨一人有資格承蒙本王賞賜至寶啊，Rider。」

英雄王一人獨語，在他的心中還想著另外一名英靈。說到關心的程度，英雄王真正在意的其實只有那個人而已。

今晚親眼見證那道稀世光華，讓初始的英靈回想起久遠的過去。

——從前，曾經有一名男子。

雖然他是用泥土製作而成的人，但卻是個努力想要與神之子齊肩並立的愚蠢小丑。他那不知好歹的傲慢當然觸怒了天上的眾神，男子因為天譴而殞命。

英雄王至今仍然忘不了男子最後流著淚斷氣的模樣。

那時候英雄王問他：為什麼哭，你現在覺得後悔不該那麼愚蠢，待在本王身邊嗎？

他回答道：不是的。

『在我走了之後，還有誰能夠理解你？還有誰能與你比肩共行？摯友啊……一想到你今後將孤獨一人，我就忍不住哭泣……』

唯我獨尊的王者看著男子就這麼嚥下最後一口氣之後，終於理解了——男子身為人身卻想要超越凡人的生命意念，比王者寶庫中所有財富都還要尊貴崇高。

「期望達成超越常人本分之悲願的蠢物……天上天下唯有本王基爾加梅修一人能夠憐惜妳的毀滅。

嬌弱卻又光彩奪目的人兒啊，讓本王將妳抱在懷中吧。這是本王所下的決定。」

就在金色的英偉身影消失在夜霧之後，那充滿邪氣的大笑聲仍然迴盪在空中，久久不絕。

# ACT.11

# -84:15:32

暗夜迷霧的另一頭，索菈鄔在距離遙遠的新都中央大廈屋頂上，看著巨大海魔的身形逐漸被炫目的白光吞沒消失。

在霧中視線本來就很不清楚，而且距離又這麼遠，根本無法用肉眼觀看戰鬥狀況。她也沒有足夠的準備能夠立即派出偵查用的使魔，只能帶著一顆七上八下的心遠遠地看著巨大海魔與戰鬥機在河岸邊亂鬧的模樣。

總之戰鬥似乎已經告一段落了，右手的令咒還是完好，這也就代表 Lancer 獲得勝利，在這場戰鬥中生存下來。

「太好了……」

雖然索菈鄔站在沒有遮蔽物的高處，呼嘯的狂風吹得她站都站不穩，但總算是放下心中一顆大石。不久之後 Lancer 就會帶著捷報回來吧，如果這場戰鬥是和其他從靈一起合作才打贏，索菈鄔以外的召主同樣也會獲得額外的令咒做為報酬。但是這種事一點都不重要，只要維繫她與從靈之間關係的令咒能夠回復為三道她就很高興了。

如果沒有狂風吹過的呼嘯聲，或許索菈鄔就會更早察覺到襲擊者偷偷摸到她背後的氣息。她太過專注於戰場上，以至於忽略了注意身邊的狀況。不過她畢竟是個名門閨秀，別說戰鬥訓練，就連護身術都不懂，又怎麼能怪她粗心大意呢。

就連索菈郞的腳忽然被掃開，仰天摔在水泥地上之後，她還是沒有時間理解究竟發生了什麼事。想要求救而下意識伸出的右手被什麼人粗暴地一把抓住。但是那個人當然無意拉索菈郞起來，取而代之的是更加恐怖的劇痛一擊砍在她的手腕上。

「啊——」

索菈郞不可置信地看著鮮血從原本纖細美麗的手腕斷面噴濺出來，就像是鎖不緊的水龍頭一樣。

右手不見了。

僅僅一刀，索菈郞的右手被俐落地砍了下來。她從來不忘細心保養、最自豪的美麗手指與指甲以及比生命還重要的令咒，都連同她的右手一起消失，被奪走了。

極度的喪失感抹黑了索菈郞的思考，比痛楚與失血的驚懼更加讓她感到絕望。

「啊、啊啊、啊！啊啊啊啊啊!!」

索菈郞發出錯亂的哀叫聲，在地上翻滾，尋找自己消失的右手。

不行，沒有那個就糟了。沒有那個就無法呼喚迪爾穆德，迪爾穆德也不會理我了。本來等到時機成熟的時候就可以用所有令咒命令他『愛我』，一輩子綁住他的。所以沒有右手不行，無論如何一定要把那些令咒找回來，就算要拿命去換……

但是就算索菈鄔再怎麼樣在冰冷的水泥地上尋找，地上也只有自己灑出來的鮮紅色彩——還有眼前一雙漠然不動的皮靴鞋尖而已。

倒地不起的索菈鄔仰頭向上看，因為大量失血而逐漸朦朧的視線看到一名陌生黑髮女子的臉龐。那名女子臉上不但沒有一絲同情，反而一臉冷漠，面無表情地低頭看著索菈鄔痛苦掙扎。

「手……我的……手。」

索菈鄔就像是求助一樣，用平安無事的左手緊緊抓住女子的皮靴——她的意識就在這時候斷絕了。

久宇舞彌把藍波刀猛力砍下的女魔術師右手扔掉，沒有一絲留戀。只要用正確的方式應該可以回收還留在那隻手上的令咒，但是既然現在舞彌不知要領，那這隻手就沒有任何價值了。

舞彌迅速把右手手腕的斷面緊緊綁住，不讓傷處繼續失血。然後把不省人事的目標扛在肩上，用空下來的另一隻手打電話給切嗣。

『——怎麼了？舞彌。』

「我在新都抓到索菈耶・納薩雷・蘇菲亞利了。雖然把令咒連同右手一起截斷，但是性命沒有大礙。」

『好，立刻離開現場。Lancer 應該馬上就會回去那裡。』

「明白。」

以最簡單扼要的字句結束對話後，舞彌快速步下樓梯，往樓下走去。雖然她的身體尚未完全適應愛莉斯菲爾親手移植的人工生命體用的肋骨，還有一些悶痛，但是不會對活動造成什麼影響。所以舞彌今晚才可以和受傷前一樣，一路跟蹤 Lancer 與他的新召主，終於趁 Lancer 不在的時候成功捕獲索菈耶。

就如切嗣先前所預料的一樣，Lancer 果然換了召主。但是切嗣依然把已失去召主權限的肯尼斯視為必殺的對象。他的主張是只要是曾經被選為召主的人，就算已經失去令咒仍然要謹慎處理。

切嗣命令舞彌活捉索菈耶而不取她性命，應該是為了從這個女人的口中問出肯尼斯的藏身之處吧。這場訊問對索菈耶而言想必會是一段相當殘酷的體驗，但是舞彌心中對她完全不覺得同情或是憐憫。

在人與人對戰的情況下，殘酷不是什麼大不了的事情。不光是切嗣，舞彌同樣也很清楚這件簡單的事實。

× ×

新都夜晚的街道上沒有深夜應有的寧靜，救護車或是警車不斷在街上往來穿梭。這群開著警示燈四處奔波的醫護人員與員警，也不知道究竟發生了什麼事讓他們大半夜被派出來執勤。他們不清楚事情的真相，想必在今後也絕對無從得知吧。

要是在平常，穿著僧袍的修長人影一定會被警方當作可疑人物叫來盤問一番，但是今晚接二連三的救助申請或是封鎖命令已經讓他們忙翻天了，當然沒有餘力去理會一名平凡無奇的過路人。有好幾輛警車從言峰綺禮身邊駛過，卻沒有任何一輛注意到他。

默默趕路要回到冬木教會的綺禮心中同樣也是思緒百轉糾結，完全沒有留意街道還未脫離騷動後的餘波蕩漾，仍然是一片混亂。

綺禮長久以來總是忠於命令、服從義務、恪守倫常。他的言行舉止通常都是在面臨必要情況下所做出的最正確選擇，沒有任何讓人懷疑的空間。

正因為如此——這還是他第一次因為不明白自身行為的意義而感到迷惑。

一開始綺禮是為了協助遠坂時臣而趕往老師戰鬥的現場，但是當他得知時臣的交戰對象是間桐雁夜的時候，卻沒有出手幫助時臣，而是選擇藏身在暗處觀看整場戰鬥，等同於放棄了自身的職責。

綺禮早就知道時臣與雁夜的戰力相差頗多，事實上兩人的戰況確實也不需要他幫忙。如果只是在一旁觀戰的話，倒也算是合情合理的判斷。

但是綺禮之後的行為卻完全違反了他應有的作為。

時臣把雁夜逼到墜樓之後可能自認已經完全獲勝了吧，竟然沒有親眼確認屍體。綺禮一邊對老師的大膽感到驚訝，一邊尋找雁夜的屍首，想要收拾善後……過沒多久，當他發現雁夜倒臥在小巷子的時候，雁夜還沒有斷氣。

如果綺禮是遠坂陣營忠實的下屬，立即殺死雁夜當然是他責無旁貸的義務。但是這時候在綺禮腦海中浮現的卻是今天早上他與Archer之間的對話內容。

Archer建議他，言峰綺禮如果想要更了解自己的話，不光是衛宮切嗣……不，在注意切嗣之前，他更應該關注間桐雁夜的未來。

那完全是一段讓人不快的對話，根本不用理會Archer的胡言亂語。

既然如此的話，為什麼看到時臣與雁夜對決的綺禮會做出袖手旁觀這種莫名其妙的舉動呢。如果覺得不需要出手幫忙的話，也就沒有必要留在現場，四處尋找其他召主還更有意義不是嗎？

而且當時臣操縱的火焰最後撲到雁夜身上的那一刻……那時候自己心中懷抱的不正是失望的念頭嗎？

等到綺禮回過神來的時候，他已經開始對雁夜傷痕累累的肉體施行緊急處理的治療魔術。就這樣，他把仍在昏睡狀態但情況已經穩定下來的雁夜帶離戰場，然後神不知鬼不覺地放在間桐家的大門口後離去。這是大約十五分鐘之前的事情。

令咒的刻印依然還留在雁夜的手上。雖然綺禮沒有看完未遠川的戰鬥，但不管Berserker受到多重的損傷，似乎也還存活著。

從深山町到新都郊外，綺禮踏著漫無目的的步伐橫跨整個冬木市，走過漫長的距離。此時他仍然為了沒有答案的自問而煩惱不已——自己究竟為什麼會做出這種事情？

這和一個勁兒購買不知滋味的葡萄酒收藏起來的行為不同，並非單純只是一件毫無意義的事。在此之前他也曾經瞞著時臣暗自活動，甚至也有幾次提出虛假不實的報告，但是這些事情都沒有直接妨害到時臣。他期待和衛宮切嗣見面與時臣爭取聖杯這兩件事並不會互相矛盾。

但是雁夜把時臣當作宿敵，想要殺死時臣，自己卻幫助他活命。這件行為百分之百對時臣有害，根本就是明明白白的謀反。就在沒有確實意圖的情況下，自己犯下了無比嚴重的大錯。今天晚上綺禮明顯已經逾越了身為遠坂時臣手下忠臣應盡的本分。

雖然綺禮很清楚事態嚴重，但不知為何他心中並沒有後悔的念頭，反而有一種難以理解的亢奮感。

Archer——難道自己被那位英雄王英靈給欺騙了嗎？

心靈的疲勞更甚於不斷移動的雙足。

綺禮忽然很難得地想要和父親璃正談一談。父親雖然對他一直很誠懇，但從不明白綺禮心中的煩惱。可是仔細一想，綺禮自己不也一樣，從未真正敞開心胸面對父親嗎？

雖然可能讓父親大感失望，但是只要綺禮勇於誠實吐露心聲的話——就算和父親之間的關係可能產生決定性的變化，或許這也會給予他完全不同的啟發。

綺禮心中懷著淡淡的期待，先把煩惱拋在一邊，繼續走在夜晚的街道上。

## -82:09:51

對於第四次聖杯戰爭的監督者言峰璃正神父來說，今夜真是一個讓他疲憊不堪的夜晚。

雖然他已經是第二次擔任聖杯戰爭的監督者，但是他怎麼也沒想到竟然有人會惹出這麼棘手的騷動。

因為事情鬧得太大，不只是聖堂教會，就連魔術協會也在暗中行動。對這兩大組織而言，現在這個狀況沒有時間讓他們爭論勢力範圍或是責任歸屬，無論如何得先優先處理善後才行。

關於未遠川的怪事，暫時先用工業廢水的化學反應引起有毒氣體的說法瞞過媒體報導。街上巡邏的廣播車正在呼籲因為瓦斯的毒性會產生幻覺，因此住在河川沿岸的居民自己發覺有症狀的話，要立即掛急診接受治療。當然所有接受夜間診療的醫院現在都有身懷暗示洗腦技術的魔術師或代行者混入待命，這樣應該就可以消弭大多數的目擊證言。但是鞭長莫及，傳聞耳語之類的謠言還是無法完全壓下來。

就在剛才，他已經準備好必要的手續，經由時鐘塔的門路準備向中東的武器商人購買兩架F15戰鬥機。雖然只是中古貨的C型，不過這時候也顧不得這麼多了。兩架緊急畫上日之丸的F15今天晚上就會送到築城基地，接下來就是要趁隙交換差異零件，把飛機改裝成J型。

日本這種叫做自衛隊的組織在預算方面常常處在一種如坐針氈的狀態之下，一連失去兩架造價超過一〇〇億日圓的戰鬥機，無論如何他們一定想要壓下這天大的醜聞吧。今後也只能把我方準備的替代機體當作誘餌進行交涉，設法讓他們一併承擔湮滅證據的責任。

一通又一通沒完沒了的電話往來終於告一段落，等到璃正神父總算可以喘口氣的時候已經是深夜了，但是他馬上又想起還有人在禮拜堂等著，嘆口氣從椅子上起身，繼續進行身為監督者的工作。

「抱歉讓你等這麼久，今天晚上的工作實在有點繁重。」

璃正說話的語氣流露出疲憊。從昏暗的信徒座位上傳回一聲矯飾的笑聲。

「這也是沒辦法的，畢竟事態嚴重嘛。」

接著傳出輪椅的輪子轉動的輕微金屬聲響，由暗處現身的是一道坐著不動的身影。

知道這名男子昔日丰采的人之中，究竟有幾個人認得出來這個削瘦到完全變了個樣，甚至無法起身行走的人竟然就是神童艾梅羅伊爵士呢？但是從殘留在他雙眼中那名為執念的意志力，依然可以看出昔日那位天才魔術師偏激的性格。

雖然肯尼斯肉體所受的傷害幾乎已經是藥石罔效，但他還是利用艾梅羅伊家的人脈，與居住在日本的優秀人偶師取得聯繫。他以豐厚的謝禮做為交換，勉強讓雙手的機能回復，至少能用輪椅獲得一些行動的自由。包裹著厚實石膏的右手小指現在也已經可以清楚感覺到疼痛。

「好了，神父先生。關於我的要求，您如何判斷呢？」

肯尼斯的語氣與臉上殷勤的笑容相反，甚至隱含著恫嚇之意，麻藥中毒患者在癮頭發作時求藥吃的模樣說不定就像他這個樣子。璃正仔細端詳肯尼斯的臉龐，這位前魔術師毫不掩飾臉上充滿妄執的表情。

這種結果絕不是璃正希望看到的，但是約定就是約定。不提璃正在檯面下與時臣締結的同盟關係，就算是為了聖堂教會的面子，他也只能按理辦事。

「……Lancer在討伐Caster的戰役當中確實表現出重要的作為，從幾位監視者的報告當中也已經確認過了。」

「那麼我確實有資格可以接受一道令咒吧？」

「關於這件事……」

璃正神父皺起眉頭，帶著懷疑的眼光掃了肯尼斯一眼。

「Lancer的召主當然可以依約獲得報酬……但是肯尼斯・亞奇波特先生，我不確定是否可以把現在的你視為一名召主。」

肯尼斯的雙眸在一瞬間露出深沉的憎惡之意，馬上又回復紳士應有的含蓄。

「與Lancer之間的契約是由我和未婚妻索菈鄔各自分擔，我的確無意堅持只有我個人才是召主，因為我和索菈鄔兩人共為一名召主。」

「但是現在無論魔力供給以及令咒管理，不都是索菈鄔小姐一個人執行嗎？」

肯尼斯露齒一笑。想要把這張表情當作是一種和善的笑容實在是有點勉強。

「因為戰略上的考量，現在我暫時把令咒交給索菈鄔保管，但是與Lancer之間契約的主導權目前還是在我身上。如果您覺得懷疑的話，可以直接問問Lancer。再說向教會申告召主身分的時候，應該也是登記我個人的名義。」

璃正神父嘆了一口氣。就算這時候堅持抓肯尼斯的小辮子，事情也不會有任何變化。對璃正來說，最讓他頭痛的是計畫竟然意外生變，不得不把令咒分配給時臣以外的召主。就算現在不把追加令咒給肯尼斯，省下來的令咒到頭來還是要交到他未婚妻的手上。涉入亞奇波特陣營的內鬥對璃正一點好處也沒有。

「——好吧，我承認你有資格獲得令咒。來，肯尼斯先生，請把手伸出來。」

璃正以熟練的手法在肯尼斯伸出來的手上施行祕蹟，將右腕上保存的其中一道令咒移轉過去。處理過程當中沒有任何疼痛感，幾分鐘之內就完成了。

「那麼就請您繼續以召主的身分，打一場有尊嚴的戰鬥——」

「好好，那是當然。」

肯尼斯滿面堆笑地點頭答應後，把藏在輪椅座位的手槍拿出來，瞄準背對著自己的璃正神父。

槍擊的乾響聲震破神之住家的寧靜。

肯尼斯對老神父頹然倒地的身軀看也不看一眼，陶醉地看著再次印在右手手背上的聖痕圖樣。

現在只有這一道……與其他保存令咒不用的競爭對手比起來已經非常不利，他絕對不可能眼睜睜坐視 Saber 與 Rider 的召主額外再獲得新的令咒。

刺殺監督者當然會引起某種程度的爭議，不過在這次聖杯戰爭當中，除了肯尼斯之外，還有其他魔術師喜歡使用手槍這種小道具。首當其衝成為嫌疑者的人，將會是艾因茲柏恩手底下養的那隻骯髒老鼠。

肯尼斯忍不住湧起的笑意，完全沉浸在重新獲得召主資格的滿足感當中。對於自己剛才幹出一件讓艾梅羅伊爵士的尊嚴徹底蒙羞的行為，他一點都不感到內疚。

× ×

綺禮一踏進禮拜堂就感覺到有死亡的氣息。

微微的血腥味以及些許殘留的硝煙味。一定是有人在神之家做出不可饒恕的惡行。

雖然感覺不到有人伏擊，但他還是謹慎小心地移動腳步，穿過信徒席——就在他來到祭壇前的時候，發現有人影趴伏在祭壇旁。

「父親——」

綺禮知道自己衝口而出的叫喚一點用都沒有，因為在他看到璃正神父的同時，代行者千錘百鍊的眼力就已經看見洞穿神父背後的彈孔與地上一灘血跡。

綺禮覺得頭腦好像完全麻痺，仔細檢驗父親的屍首。

他捲起璃正神父僧袍的右手袖子，確認刻印在手腕上的託管令咒數目。不出所料，果然少了一道。璃正把自己管理的其中一道令咒讓給某個人，可能就是被那個人所殺。討伐Caster有功的其中一位召主不希望同盟者也獲得報酬，因而犯下殺人惡行。根本不需要花心思去推理案發始末。

但即便是魔術師也無法從死去的老神父手上把所有令咒都搶走。監督者身上的託管令咒受到聖言的保護，沒有本人的許可，事實上是不可能藉由魔術拔取令咒的。現在唯一知道聖言的璃正已死，上次聖杯戰爭留下來的令咒全都成了沒用的屍斑。

——不對，璃正真會讓這種事發生嗎？

綺禮抬起父親的右手，發現在右手指尖上沾附著與出血不同的血跡，這是摩擦過的痕跡。璃正神父在臨死之前，把自己的血液沾在手指上，塗抹在什麼地方。

既然察覺這件事，只要稍微一找就能輕易找到血跡文字。

在地板上留著以潦草筆觸書寫的赤紅色遺言『jn424』——與宗教信仰無緣的人或許會以為這是一段意義不明的暗號，但是綺禮繼承了璃正虔誠的信仰之心，對他來說，這句遺言代表的意思再清楚不過了。

約翰福音第4章第24節。綺禮依照自己的記憶背出這段聖言。

「神是個靈。所以拜他的必須用心靈和誠實拜他——」

彷彿是呼應這句話一般，璃正冰冷右手上的所有令咒又重新發出淡淡的光芒。伴隨著一陣刺痛，綺禮無言地看著令咒的光芒一道跟著一道轉移到自己的手腕上。

這正是父親對兒子的信任。

璃正神父相信第一個發現自己屍骸的會是兒子，才會用鮮血寫下只有聖職者才了解的符號吧。監督者的責任是保管令咒、保護聖杯戰爭在正常的狀況下進行。他到死前都深信兒子是個能夠繼承這項重責大任的神聖之人。

他不知道綺禮還藏著新得到的令咒，現在仍然保有召主的權限——

也不知道綺禮無心的選擇卻種下了不利於恩師時臣的災禍種子——

「——！」

淚水滑落臉頰的感觸讓綺禮一陣愕然，按住臉部。

看到父親的屍體，感受到父親的遺志而落淚……對一個人來說，這應該是理所當然的反應吧。可是綺禮這時候卻好像在萬丈深淵旁一腳踩空似的，陷入近乎恐懼的混亂情緒當中。

絕對不可以直視——內心的聲音嚴厲地告誡自己。

言峰綺禮，你絕對不可以理解，也不可以認同現在內心湧起的這股感情。因為那是——

眼淚，他最後一次流淚是在什麼時候。沒錯，就是在那難忘的三年前。**那個女人**伸手掬起綺禮流下的淚水，說道『你很愛我呢』——

心中的斷路器拚命拒絕回憶。

不可以再去回想，不要再去反省了。那一天流下的淚水與那時候心中的感情都必須沉入遺忘的深淵當中。

過去曾經掌握到的答案。

曾經找到的真理。

如果唯有迴避那一切，不去理會它才能讓自己維持自我的話——

他同樣也不能去理解現在淌下的淚水。這種感情與那時候一樣，會把他封存已久的了悟與理解喚醒。

但是就算理性不斷警告綺禮，記憶還是從封印的縫隙當中源源不絕地溢出。

這種離別與他期望的結局完全不同——那時候他也是這麼想。

在那病入膏肓的女人病榻邊，綺禮不是已經領悟自己所追尋的事物是什麼了嗎？

希望讓這個女人更加地[redacted]——

想要看她更[redacted]的模樣——

父親與那個女人的共同點就是他們都深愛著言峰綺禮，也相信他。

那兩人的共通處就是他們都徹底誤會綺禮這個人的本質。

正因為如此，這三年來綺禮才會在內心深處不斷祈求不是嗎……

至少在父親死前讓他體會最極端的[redacted]……

「靈魂會追求愉悅，就像野獸會循著血腥味一樣——」

如同紅寶石般的雙眸盤據在心中，一邊露出邪惡笑容一邊對他輕聲說道。

他不是說過愉悅就是靈魂的型態嗎？還說那就是言峰綺禮的本性。

「……我們在天上的父，願人都遵你的名為聖，願你的國來臨，願你的旨意行在地上，如同行在天上……」

綺禮口中忽然念出每天祈禱而熟慣的主禱文。這或許是一種防衛本能，以這種方式回歸聖職者的本心，這樣他才能把自己幾乎分崩離析的內心在最後關頭束縛住。

「免我們的債，如同我們免了人的債……不叫我們遇見試探，救我們脫離凶惡……Amen。」

綺禮把臉頰上不斷滾落的淚水背後的惡毒真相封存在遺忘的彼端，祈求父親死後能蒙主寵召，然後在胸口畫了個十字。

## -72：43：28

「你這個無能的混帳！只會嘴巴上說說的廢物！」

面對激烈的悶頭痛罵，Lancer只能靜靜地低著頭，無言承受。

「就只有這麼一點短短的時間，竟然連一個女人都保護不好，真是蠢得無可救藥！哼，還敢大言不慚地說什麼騎士道！」

肯尼斯罵得嘴角口沫橫飛，但是說到著急狼狽的程度，他比對自己的失態感到羞慚的Lancer還要更慌亂，再加上原有的偏執狂性，現在艾梅羅伊爵士狂怒的程度甚至可能讓他活活氣死。

得到新令咒的肯尼斯雖然意氣風發地回到廢工廠，但是平安結束Caster之戰之後早就應該回來的索菈鄔卻不見人影。他心情七上八下地等了半天，卻只有表情黯淡的Lancer一個人回來。

「索菈鄔雖然只是暫時的替代者，但仍然是你的召主！連召主都沒辦法保護，你算什麼從靈!?虧你還有臉一個人回來！」

「……實在非常汗顏。」

「你該不會是在和 Caster 作戰的時候又起了那種幼稚心態吧？滿腦子只想著擺出愚蠢的英雄氣概，甚至忘了照顧召主嗎!?」

Lancer 無力地搖搖頭。與生俱來的美貌悲痛地扭曲，訴說著他同樣也對事態演變到如此懊惱的狀況感到後悔莫及。但是現在的肯尼斯當然不可能有多餘的心力理會這些。

「恕我無禮，吾主……我和索菈鄔小姐沒有正式的契約關係，雙方無法查探彼此的氣息……」

「那你就更應該多加細心注意才對!!」

肯尼斯無情地大喝一聲，打斷了從靈的辯白。

在一般的情況下，召主與從靈經由契約連繫在一起，只要有其中一方陷入極大的危機，另一方就會藉由氣息感覺到。事實上在艾因茲柏恩森林的時候，Lancer 就是這樣在千鈞一髮之際成功救出肯尼斯。

但是這次的狀況是 Lancer 與索菈鄔沒有依照契約魔術的術理締結關係，就這麼直接出戰。Lancer 執意對肯尼斯效忠的堅持反而害了他。

結果等到 Lancer 結束戰鬥回到冬木中央大廈後一看，發現不見索菈鄔的身影，只有濺了一地的血跡顯示事態非同小可。

但是有一件事情能夠確認，那就是索菈鄔還活著。Lancer仍然留存在現界，他賴以維持行動的魔力也依然順暢無礙地流進他體內。現在幾乎已經確定索菈鄔是遭某人綁架，而下手的人目前似乎還無意要她的性命。

換作是其他的從靈或許還可以藉由魔力供給的通路辨別出一定的方向。但是很不幸地，因為Lancer締結的是契約者與魔力供應者分開的特殊契約，所以對於供給魔力的知覺能力明顯降低許多。雖然可以推測索菈鄔還活著，Lancer卻完全不知道她的魔力究竟是從哪裡流入。他在新都像無頭蒼蠅般到處搜索也徒勞無功，最後迫不得已只能像現在這樣獨自一個人回來。

「啊啊，索菈鄔……果然不該把令咒交給她的……魔術戰鬥對她來說實在太困難了……」

「沒有勸諫說服索菈鄔小姐，在下迪爾穆德也有責任。但是索菈鄔小姐的決定也是希望肯尼斯先生可以東山再起，並不是誰的錯——」

肯尼斯因為嫉妒而混濁的昏暗眼神看著Lancer。

「你竟然還有臉說這種話。別自以為是了，Lancer，反正一定是你慫恿索菈鄔吧。」

「什……絕對沒有這種事……」

「哈，大言不慚！你的奸夫德行早就已經有名到流傳後世了。難道你天性看到主君的妻子就忍不住一定要去勾引嗎？」

垂首跪在地上的 Lancer 雙肩激烈地顫抖。

「——吾主，請您收回剛才那句話——」

「哼，覺得不爽嗎？忍受不住怒氣嗎？難道你還想反抗我不成？」

肯尼斯繼續對壓抑自身激動情緒的英靈冷嘲熱諷。

「你可終於露出馬腳了。嘴上說什麼發誓效忠，不求任何回報，一旦色慾薰心就馬上變臉的禽獸！擺出趾高氣昂的樣子談什麼騎士道，你以為能騙得了我肯尼斯的雙眼嗎？」

「肯尼斯先生……為什麼，為什麼您就是不了解!?」

Lancer 嘶聲辯白的聲音已經近乎哭訴了。

「我只是……只是想要成就自己的尊嚴而已！只是想要和您一起打一場光榮的戰爭而已！吾主啊，為什麼您就是不了解騎士的心思!?」

「少說得那麼漂亮，從靈！」

肯尼斯終究還是冷酷無情地一聲斥喝，拒絕 Lancer 的傾訴。他對自己從靈的疑心與不滿在此刻終於超過沸點。

「傀儡，搞清楚你是什麼身分。沒錯，你終究只是個從靈，只不過是一道利用魔術使倆才得以現身的影子！你口中所說的尊嚴只不過是死者的瘋言瘋語罷了。居然這麼不知好歹，膽敢教訓主人！」

「——！」

英靈遭受無比折辱而沉默無言的模樣，讓肯尼斯心中萌生一股殘虐的快意。魔術師故意把自己再次獲得的令咒推到 Lancer 的鼻尖前，洋洋得意地高聲嘲弄道：

「如果覺得不甘心的話，就用你那了不起的狗屁尊嚴反抗我的令咒啊——哼哼，辦不到吧？這就是你的真面目。你的決心或堅持在這道令咒之前什麼都不值，名為從靈的傀儡就是這樣的構造啊。」

「……肯尼斯……先生……」

面對狂笑不已的肯尼斯，Lancer 什麼都沒反駁，仍然低垂著頭。頹疲的雙肩與望著地板的空洞雙眸，已經完全喪失往日舞動雙槍力抗群雄的凜然霸氣。

肯尼斯看著 Lancer 失魂落魄的模樣，感覺自己積存已久的怨氣終於一吐而盡了。

或許直到此時此刻，肯尼斯才與這位英靈建立起理想的主從關係。現在說這種話已經為時已晚，他早就應該——或許在召喚儀式完成之後——就要像這樣徹底折辱 Lancer 才對。這樣一來，這個囂張的從靈就不會胡思亂想，更加順從地聽命行事。

「——吾主。」

經過一段漫長的沉默之後，Lancer 忽然以冰冷的語氣呼喚肯尼斯。

「怎麼？你還有什麼話要說？」

「……不，不是這樣。有什麼東西正在靠近，應該是叫做『汽車』的機械裝置的驅動聲音。」

雖然肯尼斯什麼都還沒聽見，但是常人的聽覺遠不及從靈的耳力。而且再過不久就要天亮了，現在這個時間有車子向這個廢工廠駛來，絕對不可能是一般開車經過的人。

仔細一想，當初把這裡當作據點時，在周圍設下的偽裝結界也差不多開始破損了……肯尼斯嘲笑自己連魔術師的能力都已經喪失，臉上浮出冷硬的乾笑。

「Lancer，出去擊退來者。不用手下留情。」

「遵命。」

Lancer 一點頭，立刻化為靈體消失。

Saber 聽從坐在副駕駛座上的愛莉斯菲爾指示，駕著 Mercedes 300L 往東駛去，逐漸離開新都區域進入人煙稀少的郊區。

「只要沿著這條路直直走，左手邊應該就會看到一間廢工廠。那裡……好像就是Lancer等人的根據地。」

Lancer的所在位置以及前往路徑，都是剛才切嗣用手機告訴愛莉斯菲爾的。

未遠川的激戰落幕之後，Lancer什麼都沒說就離開了。Saber猜想他可能是回到召主身邊，但是就在切嗣傳來已經掌握Lancer所在地的消息之時，Saber卻主張立即行動。

「可是……真的不要緊嗎？連續兩場戰鬥會不會對妳造成很大的負擔？」

「沒有問題，愛莉斯菲爾。我希望今天晚上一定要和Lancer分出高下。」

Saber語氣堅決地說完之後，這次輪到她帶著關懷之意看了副駕駛座一眼。

「倒是妳，愛莉斯菲爾，妳還好吧？我看妳從剛才好像就不太舒服。」

雖然手握著方向盤，但是Saber還是敏銳地注意到身旁的愛莉斯菲爾臉色蒼白，不斷擦拭額頭上的汗珠。在離開河岸後不久，她就一直是這個樣子。雖然愛莉斯菲爾裝作若無其事的樣子，但是在旁人眼中還是看得出來她正在勉力支撐著。

「……不用擔心，Saber。只要有妳在身邊的話……

啊，妳看那棟建築物，那應該就是我們要找的廢工廠了。」

這片廢工廠舊址在新都區規劃為新興住宅區之前，可能是木材工廠之類的地方吧，後來被開發潮淘汰，逐漸被城市繁華的熱鬧喧囂所遺忘。現在這個地方就這樣孤零零地矗立在長滿枯草的半山腰上。

Saber駕駛Mercedes從敞開的大門緩緩駛入，在工廠前的空地停了下來。愛莉斯菲爾走下車，機警的眼神在寂靜的四周望了一圈，點頭說道：

「——這裡的確有魔術結界的痕跡。可是奇怪的是好像沒有好好維護，都已經開始崩解了。」

「不，就是這裡沒錯。愛莉斯菲爾。」

Saber接著從駕駛座上走下來，表情冷靜地斷言道。劍士敏銳的直覺立即就嗅到決戰的氣息了。

不出所料——美貌的槍兵如同呼應Saber所說的話一般，忽然出現在破敗的廢墟前。

「妳竟然能發現這裡，Saber！」

「是我的……夥伴調查出來告訴我們的。他說這裡就是你的藏身地點。」

就連Saber自己都沒有察覺的微妙心思讓她終究沒有說出『召主』這兩個字。在她心中自然知道必須隱瞞自己真正的召主是誰，但是不願意承認切嗣為主的心理所造成的陰影影響更大。

Lancer的表情比平時還要更加沉重。他好像在思索該如何開口，猶豫了一陣子之後，終於對來訪者問了一個問題。

「Saber，妳該不會知道……知道吾主的未婚妻現在人在哪裡吧？」

Saber與愛莉斯菲爾彼此對看一眼，兩人都露出狐疑的表情。

「不知道……怎麼了嗎？」

「沒事，忘了我剛才的問題吧。」

在Lancer吐出的一聲長氣當中，安心的意義遠大於失落感。他原本就不想問Saber這個問題，自己認定值得尊敬的對手竟然利用人質威脅的卑鄙手段，光是想像這種可能性就讓他覺得憎厭不堪。

「——不提這件事。妳是認真的嗎？Saber？妳應該不是來閒話家常的吧。對Caster使出那麼強大的招數，對妳來說應該是不小的消耗吧？」

「這一點就其他從靈來說也一樣。」

Saber若無其事地一語帶過。確實如她所說，剛才的河岸之戰中沒有一個人是毫髮無傷，不費吹灰之力全身而退的。

「今天晚上沒有人會想再惹事，應該都會謹守不出——所以只有今晚不用擔心有其他人插手。」

Saber渾身充滿沉著的鬥氣，往前踏出一步。強大的氣魄伴隨著魔力，形成閃耀鎧甲包裹她的全身，直讓人以為她嬌小的身軀宛如百千丈般高大。

「雖然再過不久天就要亮了……可是如果放棄這所剩不多的夜晚，不曉得下次什麼時候才有這麼好的機會讓我們心無罣礙地一決高下。我認為不該浪費今天這一夜——你覺得呢？Lancer。」

Lancer的美貌原本隱隱含憂，面無表情。此時他終於露出微笑。

「Saber……現在唯有妳那高潔的鬥志才能在我的心中吹進一股涼風。」

其實Saber心中也對Lancer霸氣盡失的模樣感到有些奇怪，但是看到Lancer的笑容讓她認為這些都是自己多心了。這個男人可以露出那樣的笑容，任何操心顧慮都是多餘的。只有超越一切，達成自我理念的人才能露出那種笑容。

Lancer掄起手中的紅色長槍，彷彿要甩脫心中所有悲嘆與鬱悶一般，槍尖直挺挺地正對著Saber。

Saber同樣也解開『風王結界』，讓金色寶劍從旋風中現身。對付迪爾穆德的『破魔紅薔薇』，就算利用氣壓隱藏劍身也沒有作用。

更重要的是騎士王此時打從心底確定，這名超越時空邂逅的絕佳對手有資格接受體現她尊嚴的神劍之光照耀。

微微泛著黎明晨光的清澈空氣中，兩名英靈的鬥氣無聲無息地繃緊，彼此傾軋。感受性比較強的人只是被這股氣息衝擊，可能就會覺得好像真的被砍了一劍，受到驚嚇而心臟麻痺也說不定。愛莉斯菲爾身在現場，全身上下的細胞也都畏懼於死亡的預感。不光是呼吸，就連脈搏都幾乎為之停滯。

然後——敵我雙方都發出凜冽的氣勢，同時踏出進攻的第一步。

當初的決鬥誓言終於實現，延後了三天又一個晚上的雙雄對決在此時重新展開。這次的戰況雖然重現三天前在倉庫街對打的場景，但是兵刃交擊，彼此短兵相接的兩人卻與第一場戰鬥時大不相同——雙方出招更加直接而激烈、更加精簡而淒厲，完全就是力與力的正面較量。

彼此不再使用戰術欺敵，也不再互相試探。Lancer 就只有一柄長槍，Saber 也不隱藏自己的劍路。雙方都沒有奇招密計，他們兩人都希望速度更快、力道更沉，尋求凌駕對方攻勢的會心一擊。不斷地揮舞、轉動手上的兵器，展開一招一式、一來一往的激烈攻防戰。

糾結錯綜、難分難捨的神劍與魔槍擦出千百點火星，有如百花綻放一般。以超人的力道與速度操使的傳說寶具彼此衝突，速度已經超過音速，幾乎逼近光速。這場決鬥在生死的剎那之間比拚極限武技，觀測戰鬥幾乎已經失去意義。

兩人槍劍交擊的招式根本無法用肉眼辨識，不曉得已經過了十回合還是一百回合。一輪激戰過後，雙方終於拉開距離，脫離彼此兵器可及的範圍。

「Saber，妳……」

Lancer 一言未畢便猶豫不語。他的臉上滿是不悅的困惑神色。

雖然只有一點點，但是 Saber 今晚的劍招比第一場戰鬥時力道更輕、更遲緩。Lancer 並沒有忽略這一點差異。原因不是 Saber 耗力過多，而是因為她使劍的戰術與之前不同。

Saber 把左手拇指緊握在手掌心中，沒有按在劍柄上。剩下四支手指輕扣劍柄，只用來輔助控制劍尖方向，斬擊時並沒有用到左手臂的力量。

Saber 口中說這是最重要的決戰，自己卻故意不用左手，只用一隻右手拿著黃金神劍。

Lancer 當然很清楚她這麼做的原因為何。

他曾經一度用『必滅黃薔薇』癱瘓 Saber 左手的抓握能力，但是在先前對抗 Caster 的戰鬥中他卻破壞黃色短槍，親手放棄已經掌握的優勢。如果自尊心高傲的 Saber 不允許自己就這麼接受他的退讓，因此刻意只用單手應戰的話，不得不說騎士王的心志果真高潔。

可是——雖然 Saber 為了追求公平而讓步，卻不是 Lancer 心裡所樂見的。

如果因為 Lancer 捨棄『必滅黃薔薇』卻逼得 Saber 不得不做這種多餘的顧慮，結果來看，等於他的作為妨礙了兩人的公平決鬥。Lancer 希望雙方能夠心無顧慮，使盡全力一分高下。如果 Saber 拘泥於已經過去的事情而手下留力的話，對 Lancer 來說這場戰鬥將會讓他感到痛心。

「——你可別會錯意了，Lancer。」

可能是注意到 Lancer 心中的想法吧，英氣勃勃的 Saber 帶著坦然的表情微微搖頭道：

「如果現在用上我的左手，羞恥心一定會影響我的劍技。面對你凌厲的槍法，這點大意必定會要了我的性命。」

「Saber……」

「所以迪爾穆德，為了傾盡全力打倒你，對我來說這就是最好的『戰略』。」

Saber 語氣堅定地說完，將單手使用似乎太過沉重的長劍放低，擺出下段的架勢重新握緊。在她的眼神中只有堅毅澄澈的鬥志，沒有怠慢也沒有猶豫。

對她來說，手上有沒有受傷以及膂力強弱，在戰鬥當中都只是次要因素吧。為阿爾特利亞的劍帶來勝利的最大因素始終只有如何集中鬥志，讓戰意更加精純敏銳而已。

只要能夠斬斷自己心中的迷惘，就算放棄一隻手腕也不可惜——她明白心中的自尊才是最強的武器，這就是身為騎士之王者最崇高無比的理念。

現在的Saber的確「拚盡了全力」，她自己也希望在這種狀態之下決鬥——Lancer明白了這一點，從內心深處泛起一股強烈又痛快的麻痺感。

「……願騎士王的劍榮光無限。我很慶幸能夠遇見妳。」

雙方都是有志一同。

如果這是一條無可退讓的路，留下來的那個人就必須帶著敬意目送前方的人繼續往前行。

那麼就來打一場沒有顧忌、沒有遺憾，只有搏命以問刀劍真正價值的戰鬥吧。

兩人的表情嚴肅而緊繃，嘴角邊都泛著微笑。

「飛亞納騎士團第一把交椅迪爾穆德·奧·德利暗——在此領教！」

「好，不列顛王阿爾特利亞·潘德拉剛奉陪——來吧！」

兵刃再次衝撞，來回翻飛，交迸出來的火花看起來簡直就像是以武為本之人的喜悅在發熱發光一般。

## -72：37：17

肯尼斯藏身在廢工廠深處的陰暗角落裡，看著外面展開的戰鬥。在他心裡沒有那兩位騎士的清高覺悟，只有滿腔焦躁燒灼著胸口。

戰鬥持續愈久，他就愈感到焦急懊惱。

為什麼打不贏？

都已經被對方看得那麼扁，還手下留情。為什麼Lancer的長槍就是刺不到Saber?

追根究柢一想，答案非常清楚——總之就是Lancer太弱了，根本遠遠不及Saber。

事到如今，肯尼斯深深悔恨沒能拿到伊斯坎達爾的英靈。

如果按照原訂計畫將征服王收為從靈的話，事情一定不會演變成這種局面。那時候聖遺物在緊要關頭遭竊，肯尼斯趕緊找英靈迪爾穆德代替。雖然英靈的能力比較差，但自己絕對是一名超一流的召主，就算多少有些不利也能彌補過來。當時的艾梅羅伊爵士心裡甚至有一種大膽的想法，認為從靈的不足之處靠自己的才幹彌補就足夠了。

但是現在的肯尼斯已經失去魔術迴路，再也無法像以前那樣樂觀。如果想要靠著僅存的一道令咒與差勁的從靈在這場戰鬥當中活下來，今後必須要更加小心翼翼才行。

既然沒有百分之百的勝算，那就應該帶著召主逃走才是。肯尼斯還沒有問 Lancer 究竟是怎麼失去『必滅黃薔薇』的，總之既然已經讓 Saber 的左手復原，想要打贏她的勝算應該是愈來愈渺茫了。

Lancer 現在根本不該執著於這種危險的戰鬥，他還有其他更重要的任務要辦。現在的肯尼斯無法獨力尋找索菈鄔，救她出來。如果不使用從靈的話根本莫可奈何。

可是 Lancer 他……那個從靈究竟是蠢到什麼地步？就連這種簡單的狀況都判斷不出來嗎？

滿心焦躁使得肯尼斯用力搔抓頭髮。如果這時候可以使用令咒的話該有多好，為什麼手上只剩下這最後一道令咒。索菈鄔拿走的兩道令咒實在太可惜了，要是她願意相信肯尼斯的話……

這時候忽然有一股不自然的風輕搔肯尼斯的背頸。

肯尼斯的身子一縮，有一張紙片飄到他的手邊。那是一張平凡無奇的便條紙，但是上面一段簡短的字句卻讓肯尼斯看得目不轉睛。

『──如果想要你的情人活命的話就不要作聲，向後看──』

肯尼斯的眼睛睜得老大，輕輕轉動輪椅，改變身體的方向。廢工廠深處一片漆黑，只有一道曙光像探照燈般從屋頂的天窗射進來，照亮一個角落。

在淡淡的清冷晨光中，有一個女人的輪廓像是睡著似地橫躺著。

「……！」

就算四周再暗、距離再遠，肯尼斯都不可能認錯那張臉孔。

索菈鄔不曉得受到什麼殘酷的對待，血色盡失的蒼白面容削瘦地讓人痛心。但是掩在嘴邊的一縷頭髮受到微風輕吹，微微搖晃著。這代表她在呼吸，她還活著。

就在肯尼斯忘記那張隨風吹來的便條紙上所寫的告誡內容，忍不住就要驚叫出聲的時候，又有一名人物如同從黑暗浮現的幽鬼一般，現身走進淡淡的光圈中。

破舊的外套、一頭亂髮與滿臉的鬍碴。那人外表乍看之下極其平常，卻有著一雙如利劍般炯炯有神的雙眸──肯尼斯到死都忘不了，就是這個男人狠毒地摧毀他的魔術迴路，可恨的艾因茲柏恩家飼養的走狗。

男子可能是趁著Saber與Lancer全心全意對戰的時候，帶著昏厥的索菈鄔從後門悄悄摸進來的。他手中的衝鋒槍對準躺在地上的索菈鄔的腦門，槍口一動也不動。

「竟然……偏偏是他……」

肯尼斯親身領教過男子如同毒蛇般的冷酷與細心，心中燃起憤怒與憎恨——但是更加深沉的絕望感卻讓他頹然垂首。

這簡直是再糟糕不過的狀況。心愛的女性竟然落入自己連想都不願想到的敵人手中。

但是就在肯尼斯陷入狂亂之際，理性的聲音及時喚回了他。

這個男人特地露面讓自己看到索菈鄔平安無事，一定有什麼企圖。

「……」

肯尼斯轉過頭，朝在廢工廠前空地酣戰不休的Lancer看了一眼。索菈鄔與男子的位置站在死角，正在交戰的兩名從靈看不到他們，而且雙方似乎把全副心力都放在眼前的敵人身上，完全沒有發覺有其他闖入者出現。

肯尼斯猜不出男子究竟有什麼意圖，默默不語地點頭，表示願意遵從對方的指示。

男子見狀，另一隻空著的手從外套懷中取出一卷羊皮紙，隨意抖開後向空中一扔。雖然羊皮紙的重量比先前的便條紙還重上許多，但如果只是乘風遞送的話，運用極為簡單的氣流操作就足夠了。羊皮紙像是水母一樣在空中悠悠蕩蕩，輕飄飄地落在肯尼斯的膝上。

在旁人眼裡，羊皮紙的內容看起來就像是將一串不知所以然的圖案與記號排列在一起而已。但是對肯尼斯來說，這段記述的格式與他熟悉的制式術法文書完全相同，分毫不差——但是文件的內容卻相當罕見。

束縛術法：對象——衛宮切嗣
衛宮的刻印下令：以達成下列條件為前提：誓約將成為戒律束縛對象，斷無例外：
：誓約：
永久禁止衛宮家第五代繼承人，矩賢之子切嗣對肯尼斯・艾梅羅伊・亞奇波特以及索菈鄔・納薩雷・蘇菲亞利兩人有任何殺害、傷害的意圖與行為。
：條件：
…………………………………………………………………………………………

「……！」

自我制約條文（Selfgeass・Scroll）——在充滿爾虞我詐、權謀機巧的魔術師社會當中，這是其中一種最苛刻的咒術契約，只有在訂定絕不能違反的約定時才會用到。

這是利用自身魔術迴路的機能將制約加諸於施術者本人身上的咒法，原則上用任何方法都無法解除其效力。聽說就算想要以命來換，只要魔術刻印繼承到下一代，就連死後靈魂都會受到束縛，是一種絕對無法反悔的危險術法。事實上，在交涉中拿出這種證明文件對魔術師來說意味著最大限度的退讓。

就連肯尼斯自己也沒看過幾次，但是這的確是正式的書面形式，沒有任何缺漏。宣誓者本人歃血寫下的署名上的確有魔力在脈動，證明咒戒已經成為術法，產生作用。

也就是說——這上面已經明定當條文後半段記載的條件成立時，這個男人……衛宮切嗣將會放棄一部分的自由意志。

肯尼斯用顫抖的手緊緊抓著羊皮紙，一遍又一遍反覆閱讀誓約成立的條件內容，就好像是深怕再重看一次的時候，內容又會發生什麼變化。他的眼睛一次又一次地跟著文字跑，拚命思考，避免文件內容留有其他解釋方法的模糊地帶。

在肯尼斯慌亂思考的同時，他腦海中最清醒的部分也承認自己已經屈服了。自己和心愛的女人有機會能夠活著再次回到故鄉——事到如今，這不正是他唯一的期望嗎？

只要再猶豫幾秒鐘，衛宮切嗣可能就會扣下手中衝鋒槍的扳機。第一發子彈要了索菈鄔的命之後，接下來那槍口一定會朝向肯尼斯。他根本沒有選擇的餘地，要麼失去一切，不然就是把握這封條文，當做最後的希望……只有這樣的差別罷了。

就這樣，肯尼斯・艾梅羅伊・亞奇波特的心志崩潰了。

他用昏暗空洞的雙眼看著右手僅存的最後一道令咒，然後以Lancer召主的身分發動最後一次強權。

沒有任何徵兆，也毫無脈絡跡象——鮮豔的朱紅血花在大地上綻放。

所有人都嚇了一大跳。不管是Saber或是愛莉斯菲爾，就連Lancer本人也為這突然造訪的意外結局感到訝然，露出驚愕的表情——特別是當事者Lancer的震驚想必更是非同小可吧。因為面對這樣的劇痛與絕望，他連一點預感和心理準備都沒有。

Lancer的眼神渙散，無言地看著鮮紅花朵沿著紅色槍桿滴落，在地上綻放。讓人難以置信的是，這是他自己的鮮血。

他最仰賴的長槍槍尖刺穿了他自己的心臟，而且將長槍猛力刺入胸口的不是別人，就是他自己的兩隻手臂。

這當然不是他故意，也並非出自本人的意願。他的紅色長槍要刺的應該是Saber的心臟才對，而他也以為如果自己的心臟會被刺穿，那也一定是Saber的長劍所為。

完全無視於他的鬥志與覺悟，把他的肉體從自我意志之下奪走……想要實現如此強硬的要求，除了令咒之外當然別無他法。

Lancer 太過專心與 Saber 決鬥，讓他到最後一刻始終沒能察覺在身邊不遠處，昏暗廢工廠的陰暗角落中有一項祕密契約已經締結完成。

『使用剩下所有令咒，命令從靈自盡』——這就是衛宮切嗣提出的自我制約條文的發動條件。他要求肯尼斯消耗所有令咒，還要讓從靈完全消滅，用最徹底的形式從聖杯戰爭中淘汰出局。

「啊……」

Lancer 圓睜的雙眼流下兩道鮮紅色的淚水。

對他來說，這是第二次遭到主君謀殺。迪爾穆德‧奧‧德利暗一心只希望能夠推翻那不幸的結局，因此接受召喚從英靈之座再次來到這世界。但是最後帶給他的結果卻只是往日悲劇的重現——他又一次嘗到那黑暗的絕望以及悲慟。

英靈用他滿是血淚的雙眼回頭向後看，正好看到兩位魔術師為了確認他的下場從廢工廠裡走出來。肯尼斯坐在輪椅上，表情一臉呆滯。還有一名男子默默站在肯尼斯身旁，手中抱著不省人事的索菈鄔。他曾經在艾因茲柏恩城見過那個不知名的人物，那個人就是 Saber 真正的召主。

「你們這些人……就這麼……」

Lancer雙膝跪倒在地面上從自己身軀流出的血水裡，喉嚨中擠出低啞的聲音。

「就這麼想贏嗎!?這麼想得到聖杯嗎!?甚至踐踏我……我心中唯一的祈願……你們這些人，難道一點都不感到羞恥嗎!?」

那張豔麗的美貌被憤怒的血淚所染紅，現在已經化為慘不忍睹的淒厲惡鬼之相。墜入憎恨深淵而喪失理智的Lancer不分敵我，聲嘶力竭地對切嗣、對Saber，以及這世界的一切發出怨懟的狂吼。

「不可饒恕……我絕不原諒你們！你們這些汲汲於名利，踐踏騎士尊嚴的亡者……就用我的鮮血玷汙你們的美夢！願聖杯充滿詛咒！願你們的夢想帶來災禍！在你們跌入地獄深淵的時候想起我迪爾穆德的憤怒！」

從現世分離，逐漸崩解為朦朧之影的同時，他的口中不斷吐出惡毒詛咒，直到消失的最後一瞬間。眼前的他已經不是光采耀眼的英靈，從靈Lancer終於完全消滅，只留下惡靈充滿無盡怨懟的怒吼聲迴盪在空中。

「……」

肯尼斯茫然若失，看著Lancer消失之後的空間。切嗣則是把還在昏睡中的索菈鄔就這麼放在肯尼斯的膝邊。肯尼斯輕撫著戀人削瘦的面容，以無力的虛弱聲音向切嗣問道：

「——這樣一來，你就會受到制約嗎？」

「是啊，契約成立。我已經無法殺你們了。」

切嗣慢慢向後退，同時嘴上叼住從口袋拿出來的香菸，點上火。

——這個動作說不定就是一個暗號。

「我是不能，不過……」

在他低聲喃喃自語的同時，藏身於遠方暗處，一直看著一切狀況的久宇舞彌已經靜靜扣下 Steyr 突擊步槍的扳機。

肯尼斯與索菈鄔被夜視瞄準器的十字準星鎖定，全自動射擊的彈雨無情地打在他們身上。兩人已經沒有月靈髓液保護，也沒有從靈為他們挺身擋子彈。對他們來說，5·56mm 高射速彈的洗禮根本是避無可避的死亡暴雨。從前魔術師是那麼地瞧不起槍炮，現在他與未婚妻卻被槍炮怒濤打得千瘡百孔，倒落在水泥地上。

天才魔術師一心只懷疑自我制約的魔術機能有沒有暗藏詭計，卻沒發現最重要的誓言內容中隱藏著陷阱，最後終於斷送了他的命運。

「嗚、啊……啊……！」

沒有感覺到痛苦就當場死亡的索菈鄔或許還算幸運。悲慘的是肯尼斯被打成蜂窩，從輪椅上滾落之後仍然還有呼吸。他全身上下當然有好幾處致命傷，絕無活命的希望，但是就算剩餘的性命只剩倒數幾秒鐘，如果每一秒都要在瀕死的痛苦中掙扎度過，這段時間也實在太長、太殘酷了。

「……嘎……殺……了……殺了……我……」

「不好意思，契約內容限制我不能殺你。」

切嗣對腳邊傳來的微弱哀求聲看也不看一眼，將吸進口中的紫煙緩緩吐出，淡淡回答道。

但是痛苦的嗚咽哭聲並沒有持續下去。因為Saber再也看不下去，跑過來一劍砍下肯尼斯的腦袋，結束了他的苦難。

就這樣，騎士王的神劍沒能完成與Lancer之間的誓言，只沾染了毫無榮譽與尊嚴可言的斬首汙血。

「衛宮、切嗣——」

碧綠色的眼眸燃起冰冷的火炎。那不是看著同伴的眼神，也不是對廣義上的同夥會露出的視線。之前面對Caster的瘋狂與黃金英靈Archer的傲慢，她都曾經露出完全相同的眼神。那是一雙如同利刃般，將自己認定為仇敵之人洞穿的銳利眼神。

「現在我終於了解你是多麼惡劣了。我之前真是愚蠢，還以為就算我們走的道路不同，但至少都有共同的目標……」

就算切嗣還是一如往常一言不發，反正也已經沒有對話的必要了。Saber 剛才所目睹的行為正是不折不扣的「邪惡」。

「在這之前，我一直在想只要有愛莉斯菲爾的保證就值得信任，從來不曾懷疑過你的本性。但是現在我完全不相信像你這種人還談什麼用聖杯救世。

回答我，切嗣！難道你連自己的妻子都騙，用謊言擺布她嗎？你追求萬能許願機的真正企圖究竟是什麼!?」

「──」

縱使切嗣瞅著 Saber 的眼神就好像在看著什麼令人深痛惡絕的物事，斜叼著一根菸吞雲吐霧的嘴角卻仍然動也不動。他的視線好像在看著路邊的野狗向自己狂吠，打一開始就完全放棄以言語溝通，眼神中只有徹底的拒絕。

只好殺死他了。Saber 心中已經逐漸萌生這種萬念俱灰的平靜決心。

她不得不對眼前的召主拔劍相向。就算受到令咒的阻礙而無法達到目的，但是除了用明確的敵意表達抗拒之外，她也已經無計可施了。這代表她的陣營將在聖杯戰爭當中徹底破局，但是只要和衛宮切嗣在一起，她不認為能夠得到自己真正渴望的聖杯。

「就算我的劍贏得聖杯，如果到頭來還是要把聖杯交到你手上的話，我還不如……」

腦海裡閃過的卡姆蘭落日與深藏在心中的悲願，讓Saber這句話再也說不下去。

在這段讓人痛心的無言空白，有另一個人的聲音從她身後不遠處插口說道：

「回答她，切嗣。這次無論如何你都有義務要解釋清楚。」

愛莉斯菲爾以往總是對丈夫寄予完全的信賴，但是這次連她都不得不拉高分貝。

她和Saber不同，完全明白丈夫的思考與行事方法，也能夠理解。但是眼前實際發生的狀況與從前聽切嗣闡述的理念相比，帶給她的衝擊實在差太多了。

剛才聽到Lancer詢問關於艾梅羅伊爵士未婚妻的事情時，愛莉斯菲爾心裡雖然已經感到一股冰冷的預感，但是心中的良知還是否定了這種可能性。她認為切嗣再怎麼樣應該不會做到這種地步吧……

結果就連身為結髮之妻的愛莉斯菲爾都小看了切嗣的手段有多狠辣。

「——這麼說來，愛莉，這還是第一次讓妳親眼看到我的『殺人方式』。」

一改之前如貝殼般堅持不開口的沉默，衛宮切嗣以乾澀的嗓音說道。原本看著Saber的眼神黑暗又冷淡，但是一轉到愛莉斯菲爾的身上便立刻露出羞愧的委靡神色。

「切嗣，不要看我，對著Saber說。她需要聽聽你的說法。」

「不，對那個從靈我沒什麼話好說。對這種舉著什麼光榮名譽的大旗而歡欣鼓舞的殺手，就算講再多都是白費脣舌。」

切嗣始終保持與愛莉斯菲爾對話的形式，面不改色地出言侮辱Saber。Saber當然不可能任人羞辱。

「你膽敢在我的面前侮辱騎士道，惡徒！」

騎士王柳眉倒豎，大喝一聲。但是切嗣完全不為所動，他的眼神還是向著妻子，好像完全不把Saber當一回事。但是此時他好像終於表露心聲，開始滔滔不絕地說道：

「那些什麼騎士根本沒辦法拯救世界。他們在過去的歷史中辦不到，從今爾後也是一樣。這些人提倡戰爭的手段有正邪之分，表現出一副戰場上好像真有什麼崇高價值似的。因為那些歷代的英雄不斷鼓吹這種幻想，妳認為究竟有多少年輕人受到武勇或是名譽的誘惑，血濺沙場而死？」

「那不是幻想！只要是人類的行為，就算是以命相搏也存在不可侵犯的法則與理念。這是必須要有的！要不然每當戰火掀起，這個世界都會成為悽慘的地獄！」

Saber語氣堅定的反駁只是讓切嗣嗤之以鼻。

「妳看，就是這樣——愛莉，妳也聽到了。這位偉大的英靈大人竟然還以為戰場好過地獄。

開什麼玩笑。不論在任何時代，戰場永遠都是真正的地獄。在戰場上沒有希望，只有無止盡的絕望而已，只有一種名為勝利的罪行建立在敗者的痛苦上而已。

戰場上的所有人都必須要承認鬥爭行為的惡性與愚蠢，毫無辯駁的餘地。只要人類一天不悔改，把鬥爭當作最邪惡的禁忌，地獄景象就會在人間一再重複上演。」

Saber以往只看過切嗣冷酷無比的撲克臉。對她來說，這是她第一次看到衛宮切嗣的側臉露出這種表情——這段獨白是一名男子被無止境的悲憤與哀嘆摧折殆盡所發出的怨恨。

「可是就算人類再怎麼血流成河、屍堆成山都無法發覺這件事實。這是因為在任何時代總是有勇敢無敵的英雄大人們用他們華麗的英勇事蹟矇騙世人的眼睛。因為這些笨蛋不願意承認流血的罪惡，硬是一意孤行的關係，人類的本質從石器時代開始一點進步都沒有！」

他眼中怒意的對象究竟是誰——當然不言自明。

從戰火在冬木之地點燃的那一天開始，切嗣心中一直帶著難以抑遏的怒火，看著眼前那些光采照人、以自己的英雄事蹟為傲的瀟灑英靈。

切嗣對留下英名之人與憧憬英名之人都懷著無解的憤怒……人們的祈禱催生出『英靈』的概念，他對此感到深痛惡絕。

「——切嗣，那麼你侮辱Saber是因為……對於英靈的憎恨嗎？」

「怎麼可能，我做事不會參雜這種私人感情。我要贏得聖杯，拯救世界。我只不過是用最合適的方法來打這場救世的戰爭而已。」

如果依照一般的戰鬥方式，不擒拿索菈鄔而是把她殺掉的話。失去魔力供應源的Lancer過不多久就會消滅吧。但是切嗣的方針是不讓淘汰者與失去召主的從靈再度締結契約而敗部復活，連這種可能性都要避免。根據Caster之戰的戰況發展，肯尼斯如果接受冬木教會保護的話可能又有機會獲得令咒。切嗣顧慮到這一點，才會策劃出這麼複雜的陷阱。

利用敵方召主的令咒消滅從靈後再殺死召主，以最徹底的方式排除障礙……此時切嗣對Saber的要求不是打倒Lancer，只是要她扮演聲東擊西的角色，吸引Lancer的注意力，好讓切嗣在這段時間說服肯尼斯。

「按照現在人類的習性，現今的世界無論如何都無法避免戰爭發生，殺戮已經是到最後逼不得已一定要動用的惡性手段。既然如此，最好的方式就是用最高效率與最低的消耗，在最短的期間之內結束一切。如果認為我的做法卑鄙，指責我心狠手辣的話，那就儘管罵吧。正義是救不了這個世界的，我對正義一點興趣都沒有。」

「……」

Saber想起Lancer在消失之前最後留下的怨毒眼神，然後帶著滿心的不忍看著一男一女的慘死屍體倒臥在血泊中，看著深深刻在他們臉上的痛苦死相。

「即使如此，你還是——」

正要開口道出心中所想的Saber，發現自己的聲音竟然出乎意料地平穩沉靜。這時候她終於意識到自己對切嗣的複雜感情已經不再是剛才的憤怒，取而代之的是一種憐憫之情。

沒錯，他或許是一個值得同情的男人。

需要救贖的或許不是這個世界，而是他自己吧。

「——衛宮切嗣。我不知道以前你遭受過何種背叛、發生過什麼事情讓你如此絕望。但是你的憤怒、你的哀嘆毫無疑問都是追求正義之人才會有的感情。切嗣，年輕時候的你應該曾經想過要成為『正義的夥伴』。你應該比任何人都更相信、更渴望拯救世界的英雄——我說的對嗎？」

在此之前，切嗣對Saber的態度一直都是完全視若無睹，要不然就是冷漠的輕視眼神。但是當他這時候聽到Saber質問時的平靜聲音，他看著從靈的眼神終於首次露出第三種不同的感情。

那是極端沸騰火熱的憤怒。

汽車的引擎聲打破黎明的寂靜，漸漸靠近。久宇舞彌駕駛的小貨車開著明亮的車頭燈駛進廢工廠的廠區內。她完成了狙擊手的工作，前來迎接切嗣回到新都。

切嗣的目光從Saber身上移開，頭也不回地走向小貨車，伸手打開副駕駛座的車門。Saber仍然繼續對著他的背影說話，最後有一句話她一定要說。

「切嗣……你知道嗎？如果因為痛恨邪惡而為惡，到最後剩下的還是只有邪惡而已。在那邪惡當中萌生的憤怒與憎恨一定還會點燃新的戰火。」

切嗣好像第一次想要回應Saber這番沉重的話語，正打算回頭——但是後來似乎又改變心意，背過臉去，視線向著天空。

「我會結束這永無休止的循環，聖杯能夠達到這個目的。」

他如同自言自語般地說著。

「我會以奇蹟改變這個世界，完成人類心靈的改革。我一定會讓冬木市流下的鮮血成為人類最後的流血。

為了這個目的，就算要承擔**這世上所有的邪惡**我也在所不惜，如果這樣能拯救世界的話，我甘之如飴。」

「……」

切嗣極為冷淡地訴說著內心的堅定意志，Saber已經說不出任何可以規勸他的話了。

Saber不得不承認，就算切嗣行事的手段與過程邪惡地讓人難以忍受——但是他渴望得到聖杯的信念卻是純潔無瑕的。在這場聖杯戰爭當中如果有哪一位召主值得她奉獻聖杯，除了衛宮切嗣之外再也沒有第二人選了。

Saber默默地目送切嗣搭乘小貨車離去，天亮後第一道曙光落在她的身上。讓冬木市成為天外魔境的黑夜褪去，伴隨著陽光的照耀，這座城市再度戴起那副名為「日常生活」的面具。

「切嗣他……已經走了嗎？」

「——愛莉斯菲爾？」

Saber還沒來得及對愛莉斯菲爾何來如此一問感到訝異，便立刻察覺她的狀況有變。

愛莉斯菲爾朦朧的視線在空中飄移不定、臉色一片慘白，汗水如同瀑布般從額頭上淌流而下……

切嗣還在身邊的時候，她一定在硬撐著不讓丈夫察覺異狀吧。當這股緊張感消失，她立刻就這麼站著暈過去，如同斷線的人偶般倒下。

Saber雖然趕緊一把抱住了她，但是懷中的苗條身軀溫度高得異常。Saber終於察覺事態不妙。

「愛莉斯菲爾!?妳快醒一醒！」

××

這天早上，衛宮切嗣昂然道出他的決心。在他堅定的意志當中沒有一絲虛偽，完全出自他內心真正的想法。

但是切嗣很偶然地說出那句話當作比喻——再過幾天，他將會徹徹底底體會那句話究竟真正代表著什麼意義。

墜入比絕望還深邃無盡的崩潰。

來自比悔恨還痛徹心扉的哀慟。

浮文字

Fate/Zero 4 往逝之人

（原名：フェイト／ゼロ 4 散りゆく者たち）

作者／虛淵玄　插畫／武內崇・TYPE-MOON　譯者／hundreder
發行人／黃鎮隆　協理／陳君平
總編輯／洪琇菁　國際版權／林孟璇
執行編輯／呂尚燁　美術主編／陳又荻
企劃宣傳／邱小祐
出版／城邦文化事業股份有限公司 尖端出版
台北市中山區民生東路二段一四一號十樓
電話：（〇二）二五〇〇七六〇〇　傳真：（〇二）二五〇〇二六八三
E-mail：7novels@mail2.spp.com.tw
發行／英屬蓋曼群島商家庭傳媒股份有限公司城邦分公司
尖端出版 行銷業務部
台北市中山區民生東路二段一四一號十樓
電話：（〇二）二五〇〇—七六〇〇（代表號）
傳真：（〇二）二五〇〇—一九七九
讀者服務信箱：**sandy@spp.com.tw**
北部經銷／祥友圖書有限公司
電話：（〇二）八五一二—三八五一
傳真：（〇二）八五一二—四二五五
中部經銷／高見文化行銷股份有限公司
電話：〇八〇〇—〇五五—三六五
傳真：（〇二）二六六八—六二二〇
雲嘉經銷／智豐圖書股份有限公司　嘉義公司
電話：（〇五）二三三—三八五二
傳真：（〇五）二三三—三八六三
南部經銷／智豐圖書股份有限公司　高雄公司
電話：（〇七）三七三—〇〇七九
傳真：（〇七）三七三—〇〇八七
一代匯集／香港九龍旺角塘尾道六十四號龍駒企業大廈十樓B&D室
電話：（八五二）二七八三—八一〇二
傳真：（八五二）二七八二—一五二九
法律顧問／通律機構
台北市重慶南路二段五十九號十一樓
二〇一四年三月一版一刷



**■中文版■**

**郵購注意事項：**
**1. 填妥劃撥單資料：帳號：50003021戶名：英屬蓋曼群島商家庭傳媒（股）公司城邦分公司。2. 通信欄內註明訂購書名與冊數。3. 劃撥金額低於500元，請加附掛號郵資50元。如劃撥日起 10～14日，仍未收到書時，請洽劃撥組。劃撥專線TEL：(03) 312-4212 ・ FAX：(03) 322-4621。**E-mail：marketing@spp.com.tw

**國家圖書館出版品預行編目資料**

Fate/Zero 4 / 虛淵玄 著 ; hundreder譯. --1版.
--臺北市：尖端出版, 2013.11
面 ; 公分. --(浮文字)
譯自:Fate/Zero 4
ISBN 978-957-10-5520-6(第4冊：平裝)

861.57 102014212